살짝 부끄러워하는 모습을 내게만 보여주는 학원의 공주님

아마네 메구미
일러스트
유키미야 유게

방과 후, 신경 쓰이는 같은 반 남자애 집에서
다음 날 수영 수업 시간에 입을 수영복을
보여주는데……?

"이대로라면

안노에게 다양한 저의 처음을

줄 것 같네요."

"고마워…….

탓군에게 맡길게.

리노아를 잘 부탁해."

"어서 와!! 기다렸어, 타쿠미!"

"저랑 못된 짓을 잔뜩 해요.

안노, 사슬은 절대로

놓지 말아요."

#살짝부끄
#공주님
#코스프레
#촬영

시노미야 리노아

안도 타쿠미

사진 촬영이 취미인
고등학생.

청초함과 가련함을
그림으로 그린 듯한 공주님.

유즈리하 유키

시노미야 아리스

타쿠미가 카메라맨을 맡은
인기 모델 겸 코스플레이어.

모델 활동 중인
리노아의 언니.

살짝 부끄러워하는 모습을 내게만 보여주는 학원의 공주님 1

아마네 메구미 지음 / 유키미야 유게 일러스트 / 조민경 옮김

소미미디어

conte

nts

커버 그림, 본문 일러스트 | 유키미야 유게

프롤로그

──항상 무슨 생각 하면서 사진 찍어?──

언제였는지는 잊어버렸지만, 아빠에게 물어본 적이 있다. 계기는 기억나지 않는다. 그저 어린 눈에 궁금했거나, 아니면 '아버지와 어머니의 일에 대해 알아봅시다' 따위의 숙제가 있었거나 하는 사소한 이유였을 것이다.

──글쎄······. 굳이 말하자면 순간의 아름다움을 놓치지 않고 영원히 기록하자는 생각이려나?──
──? 그게 무슨 소리야?──

성장한 지금은 알지만, 그때는 그저 쑥스러워하며 이야기하는 아빠의 말이 무슨 뜻인지 이해하지 못했다. 순간의 아름다움을 영원히 기록한다니 뭐야. 아무리 생각해도 너무 거창하다.

──크면 너도 알게 될 거야. 그러려면 우선 너도 발견해야 해.──
──발견하다니······ 뭘?──

──그야 뻔하지. 그건 말이야…….──

자랑스러운 얼굴로 아빠가 무슨 말을 했는지. 그것을 떠올리기 전에 나, 안노 타쿠미의 의식은 현실로 돌아왔다.

'……대체 무슨 일이 일어난 거지?'

정식으로 고교 생활 2년째를 맞이해 마침내 새로운 학급에도 적응한 어느 날 방과 후.

"으음…… 좀처럼, 잘…… 못 찍겠네요……."

학교 내, 아니, 일본 국내로 범위를 넓혀도 톱 클래스 미녀이자 같은 반 친구인 시노미야 리노아가 책상 위에 앉아 셀카를 찍고 있었다.

게다가 어찌 된 일인지 교복 앞섶을 풀어 헤친 음란한 모습으로.

제1화 : 방과 후 빈 교실

봄은 만남의 계절이라고들 하지만, 실제로는 아무 일도 일어나지 않는 것이 현실이다. 고등학교 2학년이 되어 반이 바뀌었기에 다소간의 변화는 있었지만, 대부분은 낯익은 얼굴. 이름을 외우기도 그리 어렵지는 않을 것이다.

"좋았어……! 이번 사진도 제대로 화제가 된 것 같네."

아침. 갑자기 교실이 소란스러워지기 시작한 가운데. 나, 안노 타쿠미는 내 자리에 앉아 스마트폰으로 SNS를 확인하고 있었다.

화면에 뜬 것은 내가 지난 주말에 촬영한 여성 코스플레이이의 사진. 애니메이션이나 영화 등 미디어로 활발히 전개 중인 소셜 게임 캐릭터로 분장한 모습이었다. 의상은 모두 직접 만든 것인데, 완성도가 대단히 높았다. 게다가 포즈나 표정도 완벽해서 댓글도 칭찬이 줄을 잇고 있었다.

"과연 유즈하 씨야. 역시 나 따위가 찍을 수준이 아니라니까……."

나는 자조하며 유즈하 씨의 사진을 뒤졌다. 판권 캐릭터뿐만 아니라 오리지널 창작도 있었다. 그중에는 살갗 노출이 많아 전 인류의 신사 제군에게는 조금 자극이 강한 것도 있었다.

"어이쿠, 타쿠미. 아침부터 기운이 넘치네. 뭐 좋은 일이라도 있었어?"

"안녕, 아라타. 딱히 아무 일도 없어. 지극히 평범해."

싹싹하게 말을 건넨 이는 같은 반 친구인 쿠키 아라타. 중학교 때부터 이어진 지독한 인연이며, 내가 하는 일을 알고 있는 몇 안 되는 인물이다.

내 입으로 말하기는 비참하지만, 나는 학교에서만 의사소통력을 발휘하지 못한다. 정확히는 연상과는 평범하게 이야기 나눌 수 있지만, 어찌 된 영문인지 또래에게는 제대로 말하지 못한다.

그런 나와는 대조적으로 아라타는 친구가 많고, 걸핏하면 학급의 중심에 서는 녀석인데, 어째서인지 아싸인 나와 함께해 주는 기특한 사나이다.

"그래? 그런 것치고는 히죽거리는 것 같은데. 오늘 아침에 올라온 사진이 화제가 돼서 좋은 거지?"

"아니거든."

"맞잖아. 그나저나 부럽다. 그런 미인과 단둘이 촬영할 수 있다니!"

"누누이 말하지만, 촬영 말고는 아무 일도 없어. 네가 기대할 법한 일은 절대 일어나지 않아."

실제로는 몇 번인가 뒤풀이에 초대받아 식사하러 간 적

이 있지만. 그러나 단언컨대 그 이상의 일은 없었다. 어디까지나 코스플레이어와 카메라맨, 의뢰인과 피의뢰인이라는 건전한 관계다. 일에 사사로운 감정은 개입하지 않는다.

"너의 그 강철 같은 이성, 아니, 사회인다운 면모에는 감탄할 따름이야. 너라면 틀림없이 금세 어떻게든 될 거야."

"최애와는 철저히 적절한 거리를 둬야지."

"하아…… 난 절대로 불가능해. 그럴 바에야 우리 반 여자애들을 쳐다보는 게 나아."

그렇게 말하고 웃으며 어깨를 움츠리는 아라타. 그것도 좀 이상하다며 마음속으로 딴죽을 걸었다. 얼굴 잘생기고, 키 크고, 운동 신경도 좋고, 말주변도 좋아 여성들에게 인기 있는 요소를 거의 다 갖췄는데 모솔인 건 이렇게 유감스러운 발언 때문일지도 모르겠다.

"그건 그렇고! 만약 네가 우리 반에서 누군가를 촬영한다면 누가 좋겠어?"

"갑자기 생뚱맞게……."

"생뚱맞다니?! 매년 봄이면 묻는 연례행사거든?! 올해는 꼭 대답을 듣겠어!"

쾅, 하고 책상을 때리더니 얼굴을 들이대며 압박을 가하는 아라타. 그의 말대로 이 대화는 이것으로 통산 다섯 번째이고, 그때마다 나는 대답을 얼버무렸다. 딱히 이유가 있는 건 아니지만, 굳이 말하자면 가정이라고는 하나 별로 내키질 않았다.

"말해. 이번에야말로 대답을 들을 거야. 여하튼 우리 반에는 시노미야 리노아가 있으니까!"

"아아, 시노미야라⋯⋯."

그렇게 말하며 나와 아라타는 교실 속 한바탕 큰 인파의 중심에 있는 여학생에게 시선을 보냈다. 그녀는 이 학교, 긴카 고등학교에 갓 입학한 신입생도 이름을 모르는 사람이 없을 정도의 유명인이다.

비단처럼 부드럽고, 살며시 분홍빛이 감도는 윤기 나는 백금발. 쭉 뻗은 콧날에 긴 속눈썹과 보석 같은 비취색 눈동자. 맑고 투명한 유백색 피부. 온갖 요소가 정밀한 아름다움을 갖추었다. 그러면서도 성녀처럼 자애로운 성격이며, 문무에 모두 능하니 신은 참으로 불공평하다.

항상 천진하게 웃으며, 쉬는 시간이든 화장실에 가든 이동 수업 때든 누군가와 늘 함께라서 혼자 있는 모습을 본 적이 없다. 마치 어딘가의 공주님 같다.

"유즈하에 필적하는 수준이 아니면 마음이 동하지 않는, 호강에 겨운 타쿠미도 시노미야라면 찍고 싶지 않을까?"

"그야 그렇지만⋯⋯ 팬클럽 회원이 허락하지 않을 거야."

"하하핫! 그건 그렇지! 더구나 개인 촬영이라도 해 봐. 다음 날 아침을 맞이하지 못할 거야. 그 정도 각오가 없으면 그만두는 게 나아."

"팬클럽은 무섭지. 뭐, 그런 일은 일어나지 않을 테니 안심해. 반 친구를 찍는 건 내키지 않고, 무엇보다 만약 시노미야를 찍는다면 유즈하 씨에게 혼날 거야."

『타쿠미는 내 전속 카메라맨이야. 나 말고 다른 사람을 찍고 싶으면 정식으로 신청해! 그걸 잊으면…… 알지?』

그렇게 웃으며 압박했을 때는 솔직히 무서워서 고개를 끄덕일 수밖에 없었다. 미녀의 미소에 공포를 느낀 건 결혼기념일을 잊어버린 아버지에게 뚜껑이 열렸던 어머니를 본 이래로 두 번째였다.

"하여튼 너는…… 너는……! 이 배신자!"

"배신자?! 왜 그렇게 되는 건데?!"

친구의 정서 불안 증상에 곤혹스러웠다.

"왜냐고?! 그것도 모르냐?! 설마 너…… 초인기 코스플레이어에게 둘러싸인다는 자각이 없냐?!"

"나로서는 조금 더 자유롭게 다양한 사람을 찍고 싶다는 게 솔직한 심정이야."

"이 호강에 겨운 놈!!"

우리 우정은 오늘로 끝이야! 라는 벌써 몇 번째인지 모를 마지막 대사를 남기고 아라타는 자기 자리로 돌아갔다. 아침부터 기운이 넘친다고 쓴웃음을 지으며 나는 스마트폰으로 눈을 옮겨 SNS 확인을 재개했다.

"굉장하다……. 어떻게 하면 이런 사진을 찍을 수 있지? 우와, 편집 좀 봐! 어떻게 한 거야?"

타임라인에 뜬 다양한 수준 높은 사진에 나도 모르게 감탄의 목소리가 새어 나왔고, 동시에 나의 미숙함을 통감했다. 다만 이것을 지인인 선배 카메라맨들에게 상담하면 왜인지 진저리를 치던데.

"의상도 굉장해……. 오, 이 메이드복 귀엽다. 유즈하 씨가 입으면 어울리겠어."

"──뭐 봐요, 안노?"

메이드복을 입은 유즈하 씨의 모습을 머릿속으로 상상하는데 또 누군가가 말을 건넸다. 게다가 이번에는 여자 목소리. 그것도 조금 전까지 아라타와 이야기했던 소문의 인물.

"시, 시노미야……."

서 있던 이는 다름 아닌 시노미야 리노아 본인이었다. 발언 철회. 공포가 느껴지는 미소는 의외로 보기 드물지 않은 모양이다.

그녀는 그대로 만개한 벚꽃처럼 가련한 미소를 지으며 내 옆에 아주 자연스럽게 앉았다. 자리를 착각한 것은 아니다. 시노미야 자리는 내 바로 옆이다.

이것은 여담인데, 이 자리는 2학년이 되고 담임을 포함

한 반 친구들과 처음 대면하는 날 제비뽑기로 정했는데, 그 때 받았던 ——주로 남학생에게—— 질투와 원망 어린 시선은 잊을 수가 없다.

"메이드 복장인가요? 꽤 미니스커트네요. 앗, 가슴에 고양이 얼굴이 있는 게 귀여워요!"

"그, 그러게……."

나는 스마트폰 화면을 살며시 끄며 말했다. 하필이면 시노미야에게 들키다니 최악이다. 성녀이자 공주님인 그녀에게 미니스커트도 모자라 가슴 중심이 고양이 얼굴로 뚫려 가슴골이 힐끔 보이는 디자인의 메이드복은 교육상 좋지 않다.

"타쿠미——?! 너 시노미야한테 대체 뭘?!"

"아아아, 안 돼요!! 공주가 메이드복 따위를 입으면! 심지어 미니스커트 같은 걸 입었다가는 사망자가 생길 거예요!"

"안노!! 리노아 님을 더럽히지 마!!"

자리로 돌아간 아라타와 아까까지 시노미야 주위에 있던 인파가 항의의 목소리를 높이며 내 자리로 밀려들었다. 전면적으로 내가 잘못하기는 했지만, 반 친구에게 살의의 파동을 내뿜는 건 너무한 것 같다.

"여러분, 진정하세요. 안노는 아무 잘못도 없어요——."

"아니요! 리노아에게 어울리지 않는 옷은 없겠지만, 살갗 노출이 심한 메이드복은 안 돼요! 더 청초한 디자인이 좋다고요!"

"심지어 학교에서 그렇게 발칙한 걸 보다니, 논외예요! 안노, 최악이야!"

범죄를 저지른 것도 아닌데 이런 말을 듣자, 내 마음에는 대홍수가 일었다. 반론하고 싶은 마음은 굴뚝 같지만, 옆에 시노미야가 있는 상황에서는 주저되었다.

그 이유는 아라타를 포함해 그들이 '시노미야 리노아 팬클럽' 회원이기 때문이다. 가입은 자유. 클럽 내에서는 선배도 후배도 관계없다. 단 한 가지, '시노미야의 미소를 지킨다'는 강한 의지를 지닐 것이 요구된다.

"타쿠미…… 설마 시노미야를 음란한 눈으로 보는 건 아니겠지?"

"그럴 리가 있냐?"

조용한 노기를 품은 목소리로 물은 친구에게 나는 즉시 답했다. 오히려 너희들이 더 시노미야를 그런 눈으로 보겠지. 하마터면 그렇게 말할 뻔했다.

그렇게 생각하는 이유는 팬클럽에서 한 달에 한 번, 시노미야의 학교생활 모습을 몰래 찍은 사진이 극히 일부 선택받은 회원들에게 공유되기 때문이다. 내게 그 존재를 가르쳐준 건 다름 아닌 아라타였다.

몰래 찍은 시점에 꽤, 아니, 상당히 위험한 데다 그걸 몰래 공유한다는 건 윤리적으로 아웃일 텐데. 사실 논리적으로 말하자면 아이돌도 아닌 그저 일개 학생인데 팬클럽이 만들어진 시점에서 이상하다.

"여러분, 안노는 잘못이 없어요. 저도 여자랍니다. 귀여운 옷을 보고 귀엽다고 말하는 건 평범한 일 아닌가요?"

일촉즉발의 분위기 속에서 시노미야가 어쩐지 뾰로통한 모습으로 ──자신의 의지를 무시하지 말라는 듯── 말했다.

"저, 저도 메이드복을 좋아해요! 최근에는 귀여운 게 많아서 좋아요!"

"공주는 평소에 어떤 옷을 입나요?"

"올해 학원 축제는 메이드 카페로 결정이다……!"

권력자, 아니, 공주님의 목소리로 상황이 돌변했다. 나에 대한 비난에서 시노미야의 의복 사정으로 팬클럽의 관심이 옮겨갔다. 살았다. 나는 마음속으로 한숨을 쉬었다.

"곧 조회가 시작될 거예요. 여러분, 자리로 돌아가세요."

그리고 분위기가 변하기 전에 시노미야가 웃으며 완전히 못을 박았고, 모여 있던 친구들은 삼삼오오 자기 자리로 흩어졌다.

"하아…… 민폐를 끼쳐서 미안해요, 안노. 괜찮나요?"

"아냐, 나야말로 미안해. 그리고 고마워. 덕분에 살았어."

한숨을 쉬며 미안해하는 시노미야에게 나는 쓴웃음 지으며 대답했다. 실제로 그녀가 사과할 일은 아무것도 없다.

머리를 숙인다면 쟤들이 숙여야지.

"아까 하던 이야기를 마저 하자면, 안노는 메이드를 좋아하나요?"

"……응?"

"아니면 좋아하는 건 메이드복이 아니라 미니스커트인가요? 아니면 설마 가슴골에 관심이?"

"뭐어?!"

시노미야의 입에서 가슴골이라는 단어가 나와 나도 모르게 이상한 목소리가 나왔다. 음담패설까지는 아니더라도 조금 전까지 단아하던 사람과 동일 인물이라고는 생각할 수 없었다. 이렇게 끈질기게 말을 거는 건 옆자리에 앉은 이후로 처음이다.

"그렇군요. 결국 안노는 변태인 거군요."

"그래, 알았어. 지금 당장 그 입을 다물도록 할까?!"

"후훗. 좋아요. 치면 울리는 북 같네요. 이렇게까지 반응이 좋은 건 안노가 처음이에요."

"칭찬해 주시니 영광입니다, 공주님."

기쁜 듯 미소 짓는 시노미야에게 나는 어깨를 으쓱이며 적당히 대답했다. 마치 귀한 장난감을 발견한 아이 같았다. 친구들에게 둘러싸여 이야기할 때와는 전혀 다른 사람이라고 해도 과언이 아니었다.

참고로 공주님이라는 건 비유가 아니다. 시노미야의 부

모님은 아버지가 개업의이고 어머니가 의류 브랜드 사장님이다. 집도 도심의 노른자위 땅에 지어진 근사한 곳이라고 한다.

"……저는 공주님이 아니에요."

태연한 내 말에 반응한 시노미야는 돌변하여 토라진 듯한, 섭섭한 듯한 목소리로 중얼거렸다.

"그, 그래?"

어쩐지 분위기가 불편해졌기에 어떻게 대답할지 고민하는데 조례를 알리는 종이 울렸고, 동시에 드르륵 기세 좋게 문이 열렸다.

"안녕, 안녕~! 다들 좋은 아침! 홈룸 시간을 시작한다!!"

학생보다 신이 난 담임 ——20대 초반의 올해 부임한 신임 여성 교사—— 사쿠라자와 미코 선생님이 교실에 뛰어들어왔다. 신입답게 남보다 기운이 넘쳐서 늘 미소가 끊이지 않는 것은 좋지만, 사사건건 어이없는 실수를 저질러 선배 교사에게 자주 혼난다.

용모는 대학생을 넘어 고등학생이라고 말해도 통할 정도로 앳되었는데, 나올 곳은 나온 언밸런스함이 배덕감을 자아내서 시노미야와는 다른 방면으로 인기가 있다나 뭐라나. 참고로 정보 출처는 나의 사랑하는 바보(친구)다.

"하지만 그 전에 한마디 해 두고 싶은 학생이 있어!"

거친 콧김을 내뿜는 미코 선생님. 아침부터 잔소리를 들는 멍청한 학생이 대체 누구냐?

"오늘 당번인 안노! 왜 일지를 가지러 오지 않았을까?"

"……앗."

이름이 불리자, 교실 안의 모든 시선이 집중되었다. 유즈하 씨 사진을 확인하는 데 몰두하느라 까맣게 잊고 있었다.

"저거 봐! 못 말린다니까……. 아침부터 정신을 놓다니 너답지 않아! 벌로 오늘 일지는 빼곡히 작성하도록! 대충 쓰는 건 금지야!"

"그건 부당해요……."

"안 돼! 이건 결정 사항이야! 선생님이 납득할 때까지 몇 번이고 다시 써야 할 거야!"

"그건 아무리 봐도 직권 남용 아닌가요?!"

일지를 가지러 가지 않았을 뿐인데 이런 처사는 너무나도 가혹하다. 옆자리의 시노미야가 키득키득 웃는 것도 열 받지만.

"뭐라고? 선생님이랑 해 보자는 거냐? 그러면 너한테만 숙제를 배로 내줘도 괜찮겠어?"

"……윽. 알겠습니다."

씩 웃으며 더 큰 압박을 가하는 미코 선생님에게 굴복하는 것 말고는 선택지가 없어서 나는 떨떠름하게 요구를 받아들였다. 이것으로 방과 후 잔류 확정이다.

"안 됐네요. 아침부터 교실에서 과격한 사진을 본 벌이에요. 힘내요, 안노."

"……그럼 내가 당번을 깜빡한 걸 알고 있었어?"

"글쎄요, 어떨까요?"

나는 눈을 가늘게 뜨고 의혹을 추궁했지만, 시노미야는 천사 같은 미소를 지으며 화려하게 회피했다. 설마 시노미야 리노아는 놀리기 좋아하는 장난꾸러기인가? 다들 겉모습에 속았을 뿐 그 본성은 성녀와는 정반대인가?

"참고로 내일 당번은 저니까 안노가 뭘 적을지 기대할게요."

"확신범이냐?! 왜 알려주지 않은 거야?!"

"그게 더 재미있을 것 같아서요……. 안 되나요?"

"끄으응……."

분하지만 아무 말도 할 수 없다. 만약 그녀가 거짓으로나마 눈물을 흘린다면, 나는 팬클럽 회원들에게 뭇매를 맞아 내일 아침 해를 볼 수 없게 될 것이다.

"정말로 안노랑 얘기하는 게 즐거워요. 앞으로도 장난감……이 아니라 옆자리 친구로서 사이좋게 지내요."

"……살살 부탁드립니다."

나는 어색하게 말하며 외면해 강제로 대화를 끝냈다. 남을 놀리며 즐거워하는 시노미야 리노아의 모습을 팬들이 알면 필시 깜짝 놀라겠지? 아니, 오히려 인간미가 있다며 인기가 더 많아질 것 같다. 정말이지 부아가 치미는 이야기다.

그런 시시한 생각을 하며 미코 선생님의 유쾌하고 경쾌한, 알맹이가 있는 듯하면서도 없는 이야기를 멍하니 흘려들었다.

"안노, 일지에 적을 일은 이미 시작됐어."

"뭐라고요?"

끝날 때 활짝 웃으며 폭탄을 투하했기에 속으로 비명을 질렀다. 이거 집에 갈 수 있는 거야? 수업 시작종이 울리는 소리를 들으며 나는 일말의 불안을 품었다.

*****

"으음. 아직 조금 불만스럽지만, 오늘은 이걸로 용서해줄게!"

슬프게도 내 예감은 적중하여 미코 선생님의 OK 사인이 떨어진 건 완전히 해가 저물어 석양이 아름답게 물든 뒤였다. 수정에 수정을 거듭한 결과, 내가 생각해도 뭘 적었는지 몰랐기에 통과되었다는 사실이 대단히 감사했다.

"안노, 요즘 잠은 잘 자니? 많이 야윈 것 같은데 괜찮아?"

"……새삼스러운 일도 아니라 괜찮아요."

솔직히 충분한 수면 시간을 확보하고 있냐고 묻는다면

대답은 '아니요'다. 촬영을 마친 유즈하 씨 사진도 편집해야 하고, 무엇보다 넓은 집에 혼자 있으면 아무래도 불안하다. 하지만 이 생활은 이미 일 년 가까이 이어지고 있기에 이제 익숙하다.

"그럼 됐어. 앗, 이건 다른 얘긴데. 2학년이 된 뒤로 수업은 어떠니? 문제없이 따라가고 있어?"

"아, 네…… 뭐, 조금씩? 솔직히 말하자면 아직 2학년이 된 지 얼마 안 돼서 뭐라고 드릴 말씀이 없어요."

진급한 지 한 달도 되지 않았기에 내가 뒤처졌는지 어떤지는 알 수 없다. 다만 다행히도 수업 중에 머리 위에 물음표가 뜨는 일은 아직 없다.

"1학년 때는 자주 졸았다고 들었는데, 지금으로서는 그런 일도 없는 것 같네. 담임으로서는 일단 안심이야!"

미코 선생님은 그렇게 말하고는 으하하 웃었다. 교무실에는 아직 다른 선생님이 남아 있으니 목소리 톤을 낮춰줬으면 좋겠다.

이건 명예를 위해 말해 두겠는데, 나는 절대 불성실한 게 아니다. 수업 중에 꿈나라를 여행하는 건 반드시 전날 유즈하 씨 촬영회가 있어서 밤새워 편집 작업을 했을 때다.

결국 무슨 말이 하고 싶은가 하면, 일로 인한 불가항력이니 용서해 줘. 미성년자인 학생이라도 납기는 지켜야 한다고.

"이건 그거네. 네가 성실해진 건 역시 옆자리 여학생의 영향 아닐까?"

"……무슨 말씀일까요?"

"시치미 떼지 마. 우는 아이도 울음을 그치는 미녀 리노아가 옆에 있으면 자고 싶어도 못 자겠지? 너도 남자구나!"

응응, 하고 팔짱을 끼고 만족스러운 모습으로 여러 번 고개를 끄덕이는 미코 선생님. 왜 내가 졸지 않는 이유로 시노미야의 이름이 나오는 걸까? 그런 의미를 담아 나는 눈을 가늘게 뜨고 노려보았다.

"응? 초미녀가 옆에 앉아 있으면 여러모로 끓어오르잖아? 졸 때가 아니야! 하고."

대나무나 먹고 있을 때가 아니야, 라는 식으로 말하지 말아 달라고 마음속으로 딴죽을 걸며 나는 무거운 한숨을 쉬었다.

"딱히 그런 거 아니에요. 2학년이 된 뒤로 마음가짐을 새롭게 했을 뿐이라고요. 시노미야가 옆에 없었어도 졸지 않았을 거예요."

실은 작년 겨울방학 무렵에 촬영한 뒤 사진 가공과 편집, 납품까지의 기간이 너무 빠른 데 의문을 품은 유즈하 씨에게 질문을 받았다. 마지못해 이유를 얘기하자,

『학생의 본분은 공부야. 납품이 빠른 건 고마운 일이지만,

그것 때문에 타쿠미가 학업에 소홀해진다면 본말전도라고. 절대로 그러지 마. 알았지?』

　그렇게 뜻밖에 진심으로 혼내며 동시에 무리하다 쓰러지면 곤란하다며 걱정도 해 주었다. 혹시라도 그렇게 되면 미안해서 촬영을 부탁할 수 없다고도 말했기에, 그 뒤부터는 페이스 분배를 의식하고 있다.

　"사실인지 아닌지 조금 더 추궁하고 싶지만, 오늘은 그렇다고 해 둘게. 선생님의 관대함에 감사하도록!"

　"단순한 흥미로 학생의 사생활을 꼬치꼬치 캐묻지 않으시는 게 좋을 겁니다."

　"어쩔 수 없잖아. 오래전에 지나간 청춘을 학생들에게 느끼는 게 몇 안 되는 나의 즐거움인걸! 사랑이나 사춘기 특유의 다양한 고민을 품은 젊은이의 이야기를 더 들려줘도 되잖아!"

　"아뇨, 저는 딱히 사랑을 하는 것도 아니거니와 고민이 있는 것도 아니거든요. 그보다 선생님의 심심풀이로 이용하지 말아 주세요."

　그런 잔인한 소리 하지 마, 라며 내 어깨를 잡고 마구 흔드는 미코 선생님. 이래서야 누가 교사인지 모르겠다.

　다만 슬프게도 미코 선생님은 이런 아이 같은 모습이 친근해서 남녀를 불문하고 많은 학생의 사랑을 받고 있다.

조금 성가시고 시끄러운 게 옥에 티지만.

"이야기는 끝나셨죠? 그럼 저는 그만 가 보겠습니다."

"뭐어?! 선생님이랑 좀 더 얘기하자! 심심풀이에 어울려 줘도 되잖아!"

"……일 좀 하세요, 선생님."

슈퍼에서 과자를 사 달라고 부모님께 떼를 쓰는 아이처럼 싫다고 버둥대는 미코 선생님. 떼가 극에 달했다. 하지만 슬슬 멈추지 않으면 벼락이 떨어지지 않을까?

"안노는 못됐어! 시험에서 백 점을 맞아도 1학기 성적을 낙제로 줄 거야!"

"이봐요, 꼬마 선생님! 권력남용에도 정도가 있거든요?!"

"누가 꼬마야?! 지금 당장 거기 앉아! 설교해야겠어!!"

"설교받을 사람은 사쿠라자와 선생님이에요."

거봐. 인내심이 바닥 난 학년 주임 선생님이 분노 위에 억지로 미소를 붙인 듯한 얼굴로 미코 선생님의 어깨를 툭툭 두드렸다.

"앗…… 저기, 이건 말이죠……."

"변명은 필요 없습니다. 입을 움직이기 전에 손을 움직이세요."

미코 선생님을 대처하는 올바른 방법―― 즉, 무언가를 말하기 전에 위에서 먼저 말해 반박할 틈을 주지 않는 것의 모범을 본 기분이었다.

"안노. 이제 집에 가도 돼. 조심해서 가렴."

"네. 감사합니다. 그럼 사쿠라자와 선생님, 내일 봬요."

"너무 해애애애애애!! 담임 선생님을 배신하다니, 매정하구나!!"

도움을 구하듯 필사적으로 손을 뻗는 미코 선생님을 무시하고 나는 학생 주임 선생님께 머리를 숙인 뒤 교무실을 나섰다.

"하아…… 지친다."

안쪽에서 울부짖는 목소리가 들렸지만, 그걸 애써 무시하고 나는 어깨를 으쓱한 뒤 복도를 걸었다. 이대로 곧장 교실로 돌아가 집으로 가도 됐지만, 기분도 전환할 겸 어슬렁어슬렁 산책이나 하자.

시간은 이미 오후 6시에 접어들고 있었지만, 교정에서 들려오는 동아리 활동 소리는 끊이지 않고 아직 활기찼다. 그에 비해 교내는 낮과는 정반대로 고요한 장막이 드리웠다. 안팎으로 이토록 다른 세상이라니 정취 있다.

내가 생각해도 어울리지 않는 생각을 하며 교실과는 반대 방향으로 걸어갔다.

긴카 고등학교는 ——교명은 몇 번 바뀌었지만—— 창립한 지 백 년이 넘은 역사 깊은 학교다.

하지만 몇 번의 증개축을 했고, 몇 년 전에 새로운 건물이 완성된 참이라 실감은 나지 않았다. 하지만 아직 일부

낡은 부분은 남아 있어서 그곳만 연호가 두 개 정도 다르지 않을까 하는 착각이 들었다.

"……역시 어두워지니 분위기 있네."

구건물은 교정과는 정반대에 있어 목소리는 전혀 들리지 않았다. 조명도 LED가 아닌 형광등을 사용하기 때문인지 지직지직 귀에 거슬리는 소리가 울렸다. 완전히 해가 저물어 즉석 귀신의 집이 되었지만 나는 휘청휘청 걸었다.

무섭지는 않았고, 오히려 호기심이 강했다. 머릿속으로 이곳을 촬영 장소로 삼고 시뮬레이션을 돌릴 정도로는 흥이 났다.

"교정에서 한 번은 촬영해 보고 싶어. 멀리 가야 해서 힘들겠지만."

짐이 많아질 테니 이동에는 차가 필수다. 다만 슬프게도 아는 사람 중에 차를 안전하게 운전힐 수 있는 사람은 없다. 정확히는 유즈하 씨가 면허와 차를 갖고 있지만, 그 사람의 조수석에는 앉고 싶지 않다. 그 이유는 미루어 짐작할 수 있으리라.

"합법적으로 교복을 입은 유즈하 씨를 교실에서 촬영할 수 있으면 좋을 텐데……. 뭐, 유즈하 씨는 귀찮아할 것 같지만."

낯을 가리는 것까지는 아니지만 집순이 성향이 있으니까, 유즈하 씨는.

수단은 별개로 하고, 어떻게 설득하면 일본 톱 클래스의 코스플레이어를 폐교에 데려갈 수 있을지 생각하며 걷는데——.

"——으음."

아무 생각 없이 지나친 교실에서 희미하지만 목소리가 들렸다.

"……기분 탓, 이겠지?"

구교사에 있는 교실은 주로 이동이 발생하는 수업에만 사용된다. 따라서 방과 후에는 청소할 때 말고는 학생이 드나드는 일이 없을 터인데 확실히 인기척이 느껴졌다.

"설마 유령은, 아니겠지?"

떨리는 목소리를 알아채며 나는 멈춰서서 머뭇머뭇 문 앞까지 되돌아갔다. 한밤중이라면 몰라도 저녁때 나타나는 유령이라니 이건 좀.

"으음…… 좀처럼, 잘…… 못 찍겠네요…….'"

귀를 기울일 것까지도 없이 살며시 열린 문틈으로 희미하게 들려온 여학생의 중얼거림. 그 음성은 학교라는 배움터에는 어울리지 않는, 교성과도 비슷한 요염함을 띠고 있었다.

그것을 들은 나는 그러면 안 되는 줄 알면서도 불빛에 모여드는 날벌레처럼 숨을 죽이고 문에 얼굴을 들이댔다.

그리고 눈에 들어온 것은 살갗을 약간 노출한 자기 모습을 필사적으로 셀카로 찍으려는 반 친구의 모습이었다.

"하아…… 어떻게 하면 잘 찍을 수 있을까요……?"

권태로운 한숨을 쉬며 스마트폰과 눈싸움 중인 소녀는 이 학교에 재학 중인 학생이라면 모르는 사람이 없을 유명인. 심지어 최근에 입학한 신입생에게도 얼굴과 이름이 알려진 몇 안 되는 인물이자 오늘 아침에도 이런저런 이야기를 나눈 반 친구.

"왜 시노미야가 저런 짓을……?"

늘 내 옆자리에 앉는 여학생의 이름을 중얼거리며 끓어오르는 의문을 마른침과 함께 삼켰다.

남녀를 불문하고 선망의 눈빛을 받는, 연예인 뺨치는 수준의, 고등학생과는 거리가 먼 비율. 항상 주위에 인파가 생기는 인망. 누구에게나 격의 없이 대하고, 늘 화려한 미소를 흩뿌린다. 만약 현실에 성녀라는 존재가 있다면 아마 그녀일 거라고 모두가 입을 모아 말하리라. 조심스레 말하자면, 그녀를 좋아하지 않을 사람은 없지 않을까?

그런 그녀가 왜 아무도 없는 교실에서 살갗을 드러내고 있을까? 지금 내 머리 위에는 어안이 벙벙한 고양이가 둥둥 떠 있었다.

"이유를 모르겠네……. 모르겠지만……."

쓸데없는 생각은 하지 마. 아무것도 못 본 셈 치고 가급적 신속하게 이 자리를 떠나라고 나에게 되뇌었다.

"단추를 더 풀고…… 치마도 최대한 걷어 올리면 더 좋을까요?"

하지만 슬프기도 하지. 내 발은 땅바닥에 붙은 듯 움직이지 않았다. 이성과는 정반대로 본능이 남으라고 외치고 있었다.

교실에서 늘 공부하는 책상에 앉아 살갗과 속옷이 힐긋 보이는 야릇한 포즈를 취하는 반 친구에게 형언할 수 없는 곤혹스러움과 흥분을 느꼈다.

"스마트폰 각도는…… 으으…… 셀카는 어렵네요……."

이것도 아니고 저것도 아닌 듯 스마트폰의 각도를 조정하며 악전고투하는 모습은 재미있기도 하고 귀엽기도 했다. 셀카봉을 준비하면 해결되지 않냐고 조언해 주고 싶었지만, 그랬다가는 내가 훔쳐봤다는 게 들통나 큰일이 날 것이다.

"응, 도저히 안 되겠네요."

오늘 본 일은 기억에서 삭제하자. 그렇게 생각하며 그 자리를 떠나려던 때. 창문에서 쏟아지는 석양과 시노미야가 쓸쓸하게 포기한 얼굴로 어깨를 움츠린 모습이 포개졌다. 그 모습을 본 순간, 내 머릿속에 전류가 내달렸다.

"…………."

안 된다는 건 알고 있었다. 이제부터 하려는 행동은 자칫 잘못하면 범죄고, 대단히 비상식적이라는 걸 머리로는 알고 있었다. 하지만 내 본능이 이 순간을 기록하지 않을 수 없었다.

항상 사용하는 촬영 기자재가 없다는 걸 마음속으로 애석해하며 가슴 주머니에서 스마트폰을 꺼내 카메라를 켰다. 쿵쾅, 쿵쾅, 하고 당장이라도 입에서 뛰어나올 것처럼 심장이 뛰고 호흡도 거칠어졌다. 게다가 손이 떨려서 화면이 엉망이었다. 이런 적은 맨 처음 초미인 코스플레이어와 개인 촬영을 했을 때 이래로 처음이었다.

"……후우."

들키지 않도록 심호흡을 해 정신을 진정시킨 뒤 조용히 스마트폰을 문틈에 들이댔다.

이러저러한 사이에 화면 너머로 비치는 시노미야는 블라우스의 두 번째 단추를 풀어 가슴께를 노출하고 있었다. 잡티 하나 없는 순백의 피부에 니도 모르게 눈길을 빼앗겼다. 아름다운 쇄골과 데콜테* 라인. 만지지 않아도 부드럽다는 걸 알 수 있는 두 언덕과 그것을 감싸는 심플하지만 고급스러운 속옷.

눈에 들어오는 이 모든 정보가 뇌에 달콤하게 속삭였다. 머지않아 찾아올 기적의 순간을 놓치지 말라고. 나는 온 신경을 집중해 그때를 기다렸다.

"하아…… 역시 전문가가 아니면 어렵겠네요."

자조를 섞어 중얼거리며 어깨를 움츠린 시노미야. 풀어

---

*목과 어깨, 쇄골, 가슴 윗 부분을 아우르는 말.

헤친 교복과 속옷. 권태로운 한숨과 표정. 아무도 없는 방과 후의 빈 교실. 그 모든 요소가 완벽하게 뒤섞여 아무도 본 적 없는 시노미야 리노아의 모습에 나는 몰두해 셔터를 눌렀다.

"……누구세요?"

"앗…….."

놀란 듯한 목소리. 카메라 너머가 아니라 직접 눈과 눈이 마주쳤다. 아무리 숨을 죽이더라도 찰칵 소리가 울리면 누구라도 알아챌 것이다. 그것도 한 번이 아니라 연속으로 울린다면 더더욱 그렇다.

하지만 지금 그런 것은 아무래도 좋다. 아무튼 이곳을 떠나야 한다. 도망치지 않고 엎드려 사과하는 생각도 순간적으로 해 봤지만 그럴 거면 처음부터 몰래 촬영하지 않았을 것이다. 오히려 머리를 숙이고 "당신을 촬영하게 해 주세요"라고 부탁하겠지.

그런 일말의 후회를 가슴에 품으며 나는 사바나를 달리는 치타처럼 교문을 향해 무작정 달렸다.

가방을 가지러 교실로 돌아가고 싶지만, 그러다가 맞닥뜨리기라도 한다면 본전도 못 찾는다. 오늘은 포기하자.

이후, 나는 그 기세 그대로 학교를 뒤로 해 전철을 타고 귀가. 저녁도 먹지 않고 중간에 멈췄던 사진 가공과 편집 작업을 시작했다.

그것은 오로지 눈에 새긴 시노미야 리노아의 모습을 머릿속에서 지우기 위해서.

그리고──.

"……아뿔싸."

저물었을 태양이 어느샌가 떠올라 그 빛을 내뿜자 마침내 제정신을 차린 나는 무거운 한숨을 쉬었다. 설마 몰두한 나머지 맡았던 모든 사진 작업을 끝낼 줄이야.

"잠깐 잘까……? 아니, 그전에 씻어야겠다."

뭉친 어깨를 빙빙 돌려 풀며 의자에서 일어났다. 목을 돌리자 우둑우둑 시원한 소리가 났다.

본심을 말하자면 적당한 이유를 들어 결석하고 싶었지만, 교실에 가방을 두고 왔으니 그럴 수도 없었다.

게다가 한순간이나마 시노미야와 눈이 마주쳤을지도 모른다. 옆자리 친구가 가방을 학교에 두고 가서 다음 날 결석하면 엄청나게 둔한 사람이 아니고서야 범인을 특정할 것이다.

"그러면 가능한 선택지는…… 태연하게 등교하기. 그것밖에 없군."

무거운 한숨이 새어 나왔다. 혹시 생각하다 보면 좋은 방법이 있을지도 모르지만, 슬프게도 밤새도록 PC와 눈싸움을 하느라 피곤해진 머리로는 묘수가 떠오를 리 없었다. 오히려 조금이라도 방심하면 실이 뚝 끊어진 인형처럼 의식이 날아갈지도 모르는 상태였다.

"씻고 에너지 드링크를 마시면 하루 정도는 버틸 수 있 겠지…… 아마도."

뜨거운 물을 머리부터 뒤집어쓰면 다소나마 재충전이 될 것이다. 미코 선생님에게 "이제 졸지 않다니 장하네!"라 며 칭찬받은 참인데 종일 졸기라도 했다가는 혼나는 것만 으로는 부족하다.

다시 한번 큰 한숨을 쉬고 따끔거리는 눈을 비비며 욕실 로 향했다.

*****

가방을 회수하기 위해, 초중등 시절부터 헤아려도 인생 에서 가장 빨리 등교하자 역시 아무도 없었다.

일단 집에 갈 수도 없는 노릇이니 떨떠름하게 자리에 앉 아 수업이 시작될 때까지 시간을 보내기로 했다. 창문에서 교실로 쏟아지는 아침 햇살은 형언할 수 없는 정취가 있어 감개에 젖었다.

"좋았어……. 이제 온 힘을 다해 모르는 척할 뿐이야……."

혼잣말하며 가방을 베개 삼아 책상에 엎드렸다.

이불에 감싸인 듯 편안한 햇볕과 무사히 목표물을 회수 했다는 안심감으로 급격히 졸음이 몰려왔다.

이럴 때 옥상에 가면 우아하게 누워서 일광욕도 할 수 있겠지만, 실제로 그랬다가는 하루를 거기서 자게 될 수도 있다. 그러면 종일 미코 선생님의 설교 코스로 직행이다.

"아라타가 오면 깨워 주겠지. 그때까지는──."

자자. 그렇게 말하며 몸의 스위치를 끄려던 순간, 드르륵 교실 문이 열렸다. 이유도 없이 아침 일찍 오다니 기특한 녀석도 다 있다고 멍하니 생각하며 눈꺼풀을 닫으려는데,

"별일이네요. 오늘은 정말 일찍 등교했네요, 안노."

"──윽?! 시노미야?!"

머리 위에서 내려온 목소리에 나도 모르게 얼굴을 들었다. 졸음도 순식간에 어딘가로 날아가고 그 대신 식은땀이 마구 솟구쳤다.

"좋은 아침이에요, 안노. 오늘도 날씨가 참 좋네요."

"조, 좋은 아침이야, 시노미야."

평소와 다르지 않은 가련한 미소를 지으며 말하는 시노미야. 어제와 하나도 다르지 않을 터인데 오히려 그것에 정체 모를 공포를 느껴 내 마음은 단숨에 기분 나쁜 새까만 구름에 뒤덮였다.

"왜 그래요, 안노? 안색이 안 좋은데요?"

"아니야. 나는 지극히 건강해."

거짓말이다. 불안과 긴장으로 호흡은 흐트러졌고 맥박은 빨라졌다. 그러는 한편, 체온은 급격히 떨어져 한기마

저 느껴졌다.

"혹시 수면 부족인가요? 주말은 아직 멀었는데 밤늦게까지 할 일이 있어서 깨어 있었나요?"

"그래…… 뭐, 그런 셈이지."

거짓말은 하지 않았다. 다만 밤을 새운 계기를 제공한 게 다름 아닌 눈앞의 시노미야지만.

"무리하면 안 돼요. 젊을 때부터 무리하면 나중에 몸으로 나타나니까요."

"명심할게. 지인에게 비슷한 말을 지겹게 듣거든."

어라, 평범하게 대화하고 있다. 이건 혹시 용서받은 거 아닌가? 실은 눈이 마주친 건 내 착각일 뿐 눈치채지 못했나? 두꺼운 구름 사이에서 한 줄기 희망의 빛이 내려오던 순간,

"아무리 깜짝 놀랐더라도 학교에 가방을 두고 가면 안 되죠. 중요한 물건이 들어 있으면 도둑맞을지도 모르니까요."

"귀중품은 가방 속에 넣지 않으니 괜찮── 잠깐. 방금 뭐라고 했어?"

"역시 몸이 안 좋은 것 같네요. 무리도 아니죠. 몰래 촬영하다가 상대에게 들킨 데다 눈까지 마주친다면 누구라도 동요할 거예요."

그렇게 말하며 방긋 웃은 시노미야. 제삼자가 보면 천사가 떠오를 미소지만, 내게는 사형을 선고하려는 악마의

그것으로 보였다. 흡사 지금의 나는 고양이 앞의 쥐 신세였다.

"어머나. 정말 괜찮나요, 안노? 이마에서 땀이 뻘뻘 나는데요?"

"……하하하. 기분 탓인 거 아냐? 나, 나는 지극히 정상이야."

풀솜으로 목을 조르듯 압박을 가하는 시노미야에게 나는 마지막 저항을 하고자 말을 쥐어 짜냈다. 하지만 사냥감의 목덜미를 덥석 깨문 육식 동물에게는 발버둥조차 되지 않았던 모양이다.

"목적이 뭐야?"

"목적이요? 우후훗…… 무슨 소리죠? 안노가 무슨 말을 하는지 전혀 모르겠어요. 설명해 줄래요?"

온화하게 죽음에 가까워지는 모습을 관찰하며 뭐가 즐거운 걸까? 다만 아무리 당해도 내게는 120% 승산이 없으니, 백기를 들 수밖에 없다.

"……미안해, 내가 잘못했어. 어제 본 건 아무한테도 말하지 않을 거고 사진도 지울게. 아예 무덤까지 가져갈게. 그러니까——!"

일어나서 머리를 꾸벅 숙였다. 왜 방과 후의 빈 교실에서 교복을 반쯤 벗고 셀카를 찍고 있었는지, 그 진상이 궁금하지 않다고 하면 거짓말이다. 하지만 더 이상 파고들어 봤자 그곳에는 지옥이 기다리고 있다고 본능이 경종을 울린 것도 사실이었다.

"——뭘 착각하는 거죠, 안노? 사진을 지워달라고 말할 생각은 없어요."

"……뭐?"

예상도 못 했던 시노미야의 발언에 나는 무심결에 머리를 들었다. 사진을 지우지 않아도 된다니 무슨 생각을 하는 거지? 곤혹스러워하는 내게 시노미야는 얼굴을 슥 들이밀고 귓가에서 달콤한 목소리로 속삭였다.

"그럼 다시 한번 말할게요. 어제는 고마웠어요, 도촬범 씨. 좋은 사진을 찍었나요?"

등줄기에 찌릿찌릿 전류가 흘렀다. 동급생이라고는 생각할 수 없을 정도로 성숙하고 고혹적인 목소리에 심장이 크게 쿵쾅거렸다.

"……더, 덕분에. 지금까지 찍었던 사진 중에서도 1, 2위를 다툴 정도로 좋은 그림을 담았어."

이 미녀가 무슨 생각을 하는지는 알 수 없기에 나는 뻔뻔하게 나가기로 했다. 물론 내가 생각해도 최악이라는 자각은 있었다.

"그거 잘됐네요. 앗, 참고삼아 보여줄 수 있나요?"

"뭘 참고할 건데……. 물어봐도 안 가르쳐줄 거지?"

내 질문을 시노미야는 웃으며 패스했다. 나는 한숨을 쉬며 가슴 주머니로 손을 뻗었다.

"알았어. 꼭 보고 싶다면 봐."

"감사합니다. 안노가 고분고분한 사람이라 다행이에요."

손을 내밀어 재촉하는 시노미야. 나는 떨떠름하게 스마트폰을 조작해 어제 촬영한 사진을 화면에 띄워 건넸다.

"그렇군요. 안노한테 저는 이렇게 보였군요……. 역시 직접 찍는 것과 남이 찍어 주는 건 다르네요."

"그 구도에서 셀카를 찍으려면 최소한 삼각대를 사용해야 제대로 찍을 수 있을 거야."

최근 스마트폰의 카메라 화질은 저렴한 카메라보다 훨씬 좋다. 심지어 스마트폰으로 촬영한 영상이 대작 영화의 일부에 사용되기도 하는 시대다.

하지만 그것은 후면 렌즈 이야기다. 셀카를 찍는 전면 렌즈는 화질이 떨어진다. 더구나 익숙하지 않으면 화각 안에 몸 전체를 담기도 어렵다.

"흐음…… 몰랐어요. 그렇게 편리한 물건도 있군요."

설마 그런 것도 모르고 셀카를 찍었냐며 내심 어이가 없었지만, 시노미야는 세속에 어두운 면이 있으니 어쩔 수 없다고 납득했다.

"그리고 저녁때 어두컴컴한 교실에서 촬영하는 바람에 음영이 또렷하지 않아."

"이래 봬도 아주 깔끔하게 찍었다고 생각하는데…… 사

진은 심오하네요!"

　스튜디오에서도 교실에서도 촬영에는 조명이 꼭 필요하다. 빛을 제어하는 것은 사진을 제어하는 것이라고 말할 정도니까.

　"기껏 좋은 상황이었는데……. 이래서야 소용이 없어."

　자신이 프로 카메라맨이라고 자부할 마음은 별로 없지만, 그래도 다 헤아릴 수 없을 정도로 셔터를 눌렀다는 자부심은 있다. 그래서 최고의 피사체가 눈앞에서 보여준 '영원히 남기고 싶은 아름다움'을 촬영하지 못한 것이 다만 아쉬웠다.

　"그럼…… 제대로 된 설비가 있으면 더 좋은 사진을 찍을 수 있다……는 뜻인가요?"

　"응? 적어도 이 사진보다 좋은 사진을 찍을 자신은 있지."

　유즈하 씨와 늘 가는 스튜디오가 아니더라도 집에서도 충분히 촬영은 가능하다. 우리 집이라면 설비도 있으니 더더욱 그렇다. 물론 천지가 뒤집어지더라도 제안할 생각은 없지만.

　"……그렇군요. 좋은 정보를 얻었네요."

　"이봐, 시노미야. 대체 뭘 하고 싶은 거야?"

　"글쎄요. 지금 여기서 말해도 되지만…… 슬슬 다들 등교할 시간이니 나머지는 방과 후에 하죠."

　"……내게 거부권은 없지?"

"네, 유감스럽게도 안노에게 거부권은 없어요. 방과 후, 어제 거기에서 기다릴게요. 도망치면 어떻게 될지…… 알죠?"

시노미야는 입맛을 다시며 요염하게 웃었다. 심장을 꽉 움켜쥐는 듯한 착각에 빠져 제대로 숨을 쉴 수 없었다.

"안노는 총명한 사람이에요. 제가 뭔가를 부탁한대도 증거가 없으면 어떻게든 핑계를 댈 수 있을 거예요. 그렇게 생각하지 않나요?"

"하하하…… 그런 생각을 할 리 없잖아?"

정곡을 찔려 나도 모르게 더듬거리며 대답했다. 그보다 낮에 비하면 지금의 시노미야는 딴사람 같았다. 성녀의 얼굴은 온데간데없고 지금은 완전한 소악마였다. 이 간극은 반칙이다.

"심연을 들여다보면 심연도 나를 들여다본다. 유명한 철학자의 말인데 이 상황에 쓸 때는 무슨 의미가 있는 것 같나요?"

"서, 설마……?!"

그 말을 들은 순간, 내 머릿속에 어제의 영상이 선명하게 되살아났다.

시노미야와 눈이 마주쳤다고 생각해 도망친 그때. 등 뒤에서 희미하게 들린 소리가 있었다. 비현실적인 광경을 목격하고 그것을 기록에 남기는 데 성공한 흥분과 죄책감으로 마음에 두지는 않지만, 그것은 셔터 소리가 아니었던가?

"생각대로 이해가 빠르네요. 순간이었지만 깜짝 놀란 안노의 귀여운 얼굴과 당황해 도망치는 뒷모습이 제 스마트폰에 담겨 있답니다."

그게 무슨 뜻인지 알죠, 라는 물음에 나는 조용히 고개를 끄덕이며 고분고분히 따르겠다는 의사를 표명했다. 아무래도 내 고교 생활, 아니, 자칫하면 인생이 여기서 끝장날 모양이다.

"후훗. 솔직하고 순종적이라 좋네요. 그럼 남은 얘기는 방과 후에. 단둘이 대화 나눠 봐요."

그 말만을 남기고 시노미야는 교실에서 나갔다. 그 뒤머지않아 학생들이 등교해 학교 전체에 활기가 돌기 시작했다.

"자업자득, 자승자박……이라지만 최악이네."

교실 분위기와는 대조적으로 나는 다시 가방에 머리를 박고 중얼거렸다. 이럴 줄 알았으면 교사를 산책하지 말고 바로 집으로 갈 걸 그랬다고 진심으로 후회했다.

*****

방과 후가 되었다. 정신이 아득해질 만큼 수업 하나하나가 길게 느껴졌고, 아라타는 "안색이 안 좋은데 괜찮냐? 조퇴하는 게 낫지 않겠어?"라고 걱정도 했지만 겨우 극복

했다.

밤을 새우는 바람에 느껴지는 졸음과 피로도 옆에 앉은 협박자가 이따금 미소 지으며 바라보는 긴장감 때문에 어딘가로 날아갔다. 덕분에 눈은 맑은데 머리가 무거워 괴로운 하루였다. 다만 진짜 악몽은 이제부터였다.

"……천국과 지옥이란 바로 이거네."

학교를 넘어 일본 전체를 둘러봐도 정점에 설 정도의 미모와 스타일을 자랑하는 시노미야의 음란한 모습을 엿봤던 빈 교실. 그 문 앞에 선 나는 주위에 아무도 없는 것을 꼼꼼하게 확인했다.

이제 어떻게 되려나. 크게 심호흡하고 각오를 다진 뒤 문에 손을 댔다. 아무리 부당한 말을 들어도 순순히 받아들일 수밖에 없지만.

"약속대로 와서 안심했어요, 안노. 앗, 도촬범이라고 하는 게 좋을까요?"

소리가 나지 않도록 조용히 문을 열고 교실 안으로 들어가자, 책상 위에 앉아 우아하게 다리를 꼰 채 시노미야가 이미 기다리고 있었다.

어제와 다르게 제대로 교복을 입고 있어 안도하면서도 치마를 짧게 입어 속옷이 보일 것 같았기에 황급히 시선을 위로 고정했다.

그런 나의 모습을 보고 시노미야는 키득키득 웃었다. 그것은 평소 교실에서 반 친구들에게 둘러싸였을 때처럼 성녀 같은 모습이라 안심했지만, 동시에 내 생각을 모두 꿰뚫어 본 것 같아서 불안해졌다.

"일부러 바꿔 말할 필요는 없었어. 아니면 설마 나를 평생 그렇게 부를 생각은 아니겠지?"

"어머, 안노는 저를 그렇게 못된 여자라고 생각하나요? 슬퍼서 눈물 때문에 스마트폰을 오조작해서 그 사진을 뿌릴 것만 같네요."

얼굴을 양손으로 덮으며 훌쩍훌쩍 우는 흉내를 내는 시노미야. 그럴 거면 입가까지 잘 가리라고 말하고 싶다. 웃고 있는 게 훤히 보였다.

"그래, 알았어. 마음대로 불러도 돼……. 얼른 오늘 아침에 하던 얘기를 해 주겠어?"

무슨 말을 해도 성녀의 탈을 뒤집어쓴 소악마에게는 무시당할 따름이다. 나는 딴죽을 거는 것도, 저항하는 것도 포기하고 얼른 본론으로 들어가도록 재촉했다.

"성급하게 굴면 사람들이 싫어해요. 시간은 많아요. 조금 더 대화를 즐기지 않을래요?"

"전투에서는 미숙하더라도 신속함을 중시한다는 말이 있잖아? 속 편하게 수다를 떨다가 누가 오면 어쩌려고 그래?"

"어쩌긴요? 저와 안노는 방과 후에 구교사의 빈 교실에서 밀회를 즐길 뿐이에요. 그게 뭐가 문제죠?"

분명 알고 하는 말일 거라며 나는 눈을 가늘게 뜨고 째려보았다. 나 같은 남자가 시노미야와 단둘이 만나고 있는 걸 팬클럽 녀석들에게 들키면 내일 아침 해는 보지 못할 것이다.

"문제밖에 없어. 아니면 너는 나를 사회적으로 말살하고 싶은 거야? 고등학교에 못 다니게 하고 싶어?"

미녀의 비밀을 엿보며 몰래 촬영한 남자에 대한 처벌치고는 타당한가?

"그러니까 그럴 생각은 없어요. 애초에 안노는 한 가지 큰 착각을 하고 있어요."

"착각?"

"네. 그건 정말 대단한 착각이에요. 저는 사진 찍힌 걸 부끄럽다고도, 싫다고도 생각하지 않아요. 오히려 감사할 정도지요."

"뭐……?"

무슨 말을 하는 거냐고 말하려 하자 시노미야는 다리를 바꿔 꼬며 이야기를 이어갔다. 태연한 동작인데 요염했다. 더구나 치마가 둥실 떠오르며 그 안쪽의 비밀스러운 보물이 힐끔 엿보일 것 같아 나도 모르게 시선을 돌렸다.

"어제 안노가 촬영한 사진을 보고 감동했어요. 거기에 찍힌 저는 처음 보는 모습이라…… 그야말로 이런 사진을 찍고 싶었답니다!"

주먹을 쥐고 역설하는 시노미야. 그 눈동자는 반짝반짝 빛나며 새로운 장난감을 선물받은 아이 같았다. 이해되지는 않지만, 자신이 찍은 사진을 이렇게 좋아해 주니 기뻤다.

"실례했어요. 흐트러진 모습을 보였네요. 어디까지 이야 기했죠?"

"……사진을 보고 감동했다는 데까지."

"그래요. 방금 한 이야기를 바탕으로 안노에게 긴히 부 탁하고 싶은 게 있는데, 괜찮을까요?"

"참고로…… 거절하겠다고 말하면 어떻게 될까?"

답은 알고 있고, 애당초 여기에 온 시점에 나도 각오는 했지만, 혹시 몰라 물어보았다. 그런 내 말에 시노미야는 책상에서 폴짝 뛰어내렸다.

"글쎄요, 어떻게 할까요? 안노는 어떻게 했으면 좋겠는 데요?"

"어떻게 했으면 좋겠냐니……. 생살여탈권을 쥐고 있는 건 시노미야잖아?"

"괜찮겠어요? 제 전속 집사나 펫이 되라고 말할지도 모 르는데요? 그러면 안노는 순순히 받아들일 건가요?"

천천히 다가온 시노미야는 몸을 앞으로 구부리고 눈을 치떠 내 얼굴을 들여다보았다. 가까이서 바라보자, 나도 모르게 심장이 마구 뛰고 뺨에 열이 올랐다.

그런 나의 동요를 간파했는지 시노미야는 요염한 미소

를 지으며 귓가에 입술을 들이대고 달콤한 목소리로 속삭였다.

"사회적으로 말살되는 것보다…… 제게 평생 사육되는 편이 낫지 않을까요?"

이것으로 몇 번째일까? 그녀의 목소리에 등줄기가 떨리는 건. 마른침을 꿀꺽 삼키는 소리가 정숙한 교실에 울려 퍼졌다.

"……너는 정말로 내 옆자리에 앉는 시노미야 맞아? 알고 보니 쌍둥이 동생이나 언니는 아니겠지?"

적어도 내가 아는 시노미야 리노아와 지금 눈앞에 있는 시노미야 리노아는 등호로 이어지지 않는다. 그렇게 따지자면 셀카를 찍고 있던 그녀도 진짜인지 가짜인지 의심스럽지만.

교실에서 친구들에게 둘러싸였을 때의 시노미야 리노아는 귀엽고 단아하고 순진무구한 규중처녀 느낌인데, 눈앞에 있는 그녀는 그것과는 정반대다.

남녀를 불문하고 뼛속까지 매료하며 몸과 마음 모두를 그녀 없이 살 수 없게 만들 듯 달콤하고 위험한 색향이 감도는 마성의 존재. 과장이 심한지도 모르지만, 지금 내 눈에 시노미야 리노아는 그렇게 보였다.

"확실히 제게는 언니가 있지만 쌍둥이는 아니랍니다. 여기 있는 저는 진짜 시노미야 리노아 본인이에요."

"그건…… 뭐, 그렇겠지."

내가 생각해도 얼빠진 반응을 했다. 여우에게 홀린 듯한 표정을 짓는 나를 보고 다시 시노미야는 키득키득 웃었다. 손바닥 위에서 놀아난다고 할까, 마음대로 조종당한다고 할까?

"안노를 놀리는 건 이쯤 해 두죠. 본론으로 돌아갈까요? 각오는 되었나요?"

"그래. 마음대로 해."

단념하고 어깨를 으쓱이며 자포자기하듯 말했다. 설마 이런 형태로 고교 생활이 끝날 줄은 몰랐다. 모든 것은 몰래 촬영한 내 잘못이다. 자업자득이라고 마음속으로 자조하는데 시노미야는 뜻밖의 폭탄을 던졌다.

"안노…… 제 부끄러운 모습을 사진으로 찍어 줄래요?"

"……뭐?"

엉뚱한 시노미야의 부탁에 나도 모르게 진지한 표정으로 되물었다. 아무리 그래도 질 나쁜 농담이거나 나를 놀리며 즐거워하는 거겠거니 여기며 시노미야의 얼굴을 보았다. 하지만 슬프게도 그녀는 대단히 진지한 모양이었다.

"못 들었나요? 그럼 한 번 더 말할게요. 제 부끄러운 사진을 찍어 줬으면 하는데요——!"

"스토오오오오옵!! 똑똑히 들었으니까 괜찮아! 굳이 반복하지 않아도 돼!"

안 되겠다. 겨우 16년의 짧은 인생에서 오늘만큼 머릿속이 어지러운 날은 없었다. 유즈하 씨의 전속 카메라맨이 되겠다고 할 때까지 집에 보내 주지 않았던 때보다 곤혹스러웠다.

"그렇군요. 그럼 됐어요. 이제 안노의 대답을 들려줄래요? 설마 거절하는 건 아니겠죠?"

귀여운 목소리와 가련한 미소와는 정반대로 절대 놓치지 않겠다는 압력을 느꼈다. 마치 목에 칼끝을 들이댄 듯 최악의 기분이었다.

"자, 어떤가요? '네'인가요? '예스'인가요? 아니면 '응'인가요?"

"뭘 선택해도 답은 하나잖아?!"

너무나도 부당한 질문에 나는 반사적으로 딴죽을 걸었다. 처음부터 거부권이 없다고 해도 선택지에는 '아니오' 하나쯤 있어도 되잖아.

"혹시 불만이라도 있나요? 제 몸은 안노의 마음에 들지 않나요? 결국 그런 건가요?"

"아무도 불만이라고는 말하지 않았거든?! 그리고 말조심해! 나는 딱히 몸을 노리고 사진을 찍은 게 아니라고?!"

"어머, 그렇군요."

그렇게 말하며 고개를 갸웃거리는 시노미야. 귀여운 동작에 매료될 뻔했지만, 나는 마음을 굳게 먹고 필사적으로 견뎠다.

"안노의 성…… 취미에 대한 질문은 다음에 하기로 하고 슬슬 대답을 들려줄래요? 설마 거절하지는 않겠지요?"

관심이 없다고 말하면 거짓말이다. 그러나 약점을 잡혔다지만 아무리 생각해도 이 제안은 받아들여서는 안 됐다. 반 친구의, 그것도 옆자리에 앉은 소녀의 부끄러운 모습을 사진에 담았다가는 다음 날부터 어떤 얼굴로 등교하면 좋을지 모르겠다.

다만 머리로는 알지만, 카메라맨으로서의 본능은 고개를 끄덕이라고, 이 제안을 받아들이라고 자꾸만 속삭였다.

그 이유는 다름이 아니다. 아무도 본 적이 없을 시노미야 리노아의 일면을 엿봤기 때문이다. 아무도 없는 교실에서 교복을 풀어 헤치고 부끄러워하면서도 음란한 표정을 짓는 그 모습을 다시 한번——.

"그 전에 가르쳐 줘. 왜 그런 걸 원하는데?"

"이유요? 글쎄요……. 굳이 말하자면 '내가 모르는 나를 보고 싶으니까'라고나 할까요?"

천사 같은 악마의 미소. 가련함과 요염함을 내포한 이 매혹적인 표정을 지금 당장 찍고 싶다.

"지금은 더 이상 가르쳐줄 수 없지만요……. 어떤가요? 납득이 되나요?"

답은 정해졌다. 아빠가 한 말이지만, '순간의 아름다움을 영원히 기록한다'가 모토인 내게 시노미야는 더할 나위 없는 피사체다. 코스프레와는 다른 등신대 소녀의, 심지어 내가 모르는 나를 찍어 달라는 말까지 들었으니 물러날 리가 없다.

"알았어. 그 의뢰…… 받아들일게."

"감사합니다! 안노라면 그렇게 말할 줄 알았어요!"

내가 그렇게 말하자 시노미야는 기쁜 듯 폴짝폴짝 뛰었다.

아이처럼 귀엽게 기뻐하는데 출렁출렁 아이답지 않은 두 개의 흉기가 흔들리는 그 간극에 이성이 이상해졌다. 나는 얼버무리듯 헛기침하고 중요한 질문을 했다.

"사진을 찍는 건 그렇다 치고, 부끄러운 모습이라는 건 구체적으로 어떤 걸 생각하는 거야?"

"애매하기는 해요. 다만 그건 그 분야의 프로인 안노와 상의하고 싶은데…… 안 될까요?"

"아, 안 되지는 않지만……. 그보다 내가 카메라 일을 하는 걸 알고 있어?"

"네, 안노와 친한 분께 얘기 많이 들었거든요. 인기 코스플레이어 전속 카메라맨이라니 대단해요."

그렇게 말하며 미소 짓는 시노미야. 정보원은 팬클럽 회원, 아니, 유즈하 씨에 대한 것까지 알고 있다면 아라타밖에 생각할 수 없다. 내가 그녀 전속 카메라맨을 하고 있다는 걸 알고 있는 사람은 학교에선 그 녀석뿐이다.

"하아…… 알았어. 그런 거라면 일단은 이미지 공유부터 해야 해. 시간이 되면 어디서 회의할까?"

나는 크게 한숨을 쉬며 승낙했다. 과연 시노미야 같은 미녀가 눈을 치뜨고 부탁하는데 NO라고 할 수 있는 남자가 있을까? 만약 있다면 데려와 보길 바란다. 나는 불가능하다.

"네! 그럼 바로 이번 주말은 어때요?! 가볍게 회의하고 촬영도 해 보고 싶어요!"

"그건 딱히 상관없지만……."

서두를 건 없다고 말하려 했으나 당장이라도 폴짝 뛸 정도로 기뻐하는 시노미야를 보니 말할 수 없었다.

"그럼 그렇게 하기로 한 거예요! 아아…… 벌써 기대되네요!"

그렇게 말하며 황홀한 미소를 짓는 시노미야에게 들키지 않도록 나는 조용히 쓴웃음을 지었다.

설마 모두가 동경하는 같은 반 여학생과 아무에게도 말할 수 없는 비밀 관계가 될 줄은 생각지도 못했다. 인생은 무슨 일이 일어날지 알 수 없는 법이네.

"그리고 회의 겸 미니 촬영회를 할 장소는 안노네 집이면 되겠죠?"

"왜 그렇게 되는 건데?!"

방과 후 조용한 교실에 나의 비명과도 비슷한 외침이 울

려 퍼졌다. 본능에 굴복해 경솔한 행동을 하는 게 아니었
다고 벌써 후회됐다.

제2화 첫 촬영회는 즉석 환복 시추에이션

주말 오후. 나는 집에서 가장 가까운 역에서 초조하게 누군가를 기다리고 있었다.

그 인물은 학교에서 가장 유명한 사람이자 아이돌도 아닌데 열광적인 팬클럽이 존재하는 미녀 시노미야 리노아.

성녀, 공주님 등으로 불리며, 매일 같이 고백받는 그녀에게서 어찌 된 일인지 '부끄러운 모습을 사진으로 찍어달라'고 부탁받았다. 그 진의는 아직 알지 못한 채 답답한 마음으로 회의 날을 맞이했다.

"시노미야는 대체 무슨 생각을 하는 거야⋯⋯."

옆자리에 앉을 뿐인 같은 반 남학생 집에서 회의를 하고 싶다니 믿을 수가 없다. 게다가 끝나는 대로 촬영회도 하고 싶다니. 아무리 기자재를 갖추고 있다지만 너무 무방비한 거 아니야?

"앗! 안노──!"

멍하니 그런 생각을 하는데, 소문의 시노미야가 에스컬레이터에서 손을 흔들며 내려왔다. 마치 살풍경한 풍경에 피어난 한 떨기 꽃 같았다. 그녀 하나로 주위가 단숨에 화사해졌다.

"기다리게 해서 죄송해요. 서둘러 왔는데."

개찰구를 나온 시노미야는 미안한 듯 쓴웃음을 지었다.

현재 시각은 오후 1시 반을 막 지난 참이었다. 약속 시각은 오후 2시다. 참고로 내가 역에 도착한 것은 오후 1시 경이다. 너무 빨리 왔나 싶었는데 시노미야를 기다리게 하지 않았으니, 결과적으로 잘했다.

"괜찮아. 나도 지금 막 왔어. 그보다…… 왜 교복 차림인지 물어봐도 될까?"

오늘은 휴일이다. 학교에 가는 것도 아니니 교복을 입을 필요는 없고, 시노미야의 사복 차림을 조금 기대하기도 했다.

"일단 사진을 찍을 거라면 교복이 좋을 것 같아서요……. 혹시 안노는 사복 입은 제 모습이 보고 싶었나요? 기대감을 키웠나요?"

뭐가 재미있는지 몸을 바짝 밀착시키는 시노미야. 간지러우니 팔꿈치로 옆구리를 찌르지 않았으면 좋겠다.

"교복이라 실망했나요? 그랬나요?"

성가시네. 이래서야 성녀라기보다 건방진 꼬마의 무브다. 관자놀이를 누르며 적당히 넘어가기로 했다.

"그래, 그래. 시노미야의 사복 차림을 기대했습니다요. 교복이라 실망했습니다요. 이제 만족하십니까?"

"우후훗. 만약 안노가 꼭 보고 싶다며 머리를 숙인다면 못 보여줄 것도 없지요."

또 한 발. 시노미야는 불쑥 거리를 좁히고 귓가에서 소악마처럼 짓궂은 목소리로 속삭였다. 만약 이게 단둘인 공간이었다면 심장이 벌렁거리며 얼굴이 빨개졌을 것이다. 다만 이 상황에서는 그럴 수도 없었다.

"……그래. 흔쾌히 부탁할 수도 있지만, 우선은 떨어져 줄래?"

"흐엥?"

내 부탁에 어안이 벙벙한 시노미야. 설마 지금 자신이 뭘 하는지 모르는 건가? 나는 살며시 그녀의 어깨에 손을 얹고 다정하게 타이르듯 상황을 설명했다.

"달라붙는 건 싫지 않지만, 여긴 아직 역이라 주위에 사람이 많거든? TPO는 중요하니까."

"하, 하으?!"

이상한 목소리를 내며 시노미야는 황급히 내게서 물러났다. 그 반응은 조금 상처지만 여하튼 이제 앞으로 갈 수 있다.

"하아…… 슬슬 갈까? 계속 여기 있어 봤자 괜히 눈에 띄기만 할 테니까."

"시간은 한정되어 있으니까요. 그럼 안노, 안내를 부탁드릴게요!"

"시노미야. 정말로 우리 집에서 회의랑 촬영을 할 거야?"

"여기까지 와서 무슨 말을 하는 거예요? 촬영 기자재도 있으니 마침 잘됐다고 동의한 걸 잊었나요?"

시노미야가 우리 집에서 회의를 하고 싶다고 했을 때, 당연히 나는 반대했다. 가장 큰 이유는 부모님이 지난 약 1년 동안 해외에서 일을 하느라 거의 집에 없다는 것이었다.

덕분에 나는 유유자적한 솔로 라이프를 보낼 수 있지만, 그렇다고 해서 여자애를 부른 적은 한 번도 없다. 그랬다가는 나를 믿어 주는 부모님을 배신하는 셈이다. 그래서 가장 친한 유즈하 씨조차도 부른 적이 없다. 이것을 친절하게 설명해도 시노미야는 고개를 가로저었다.

"애초에 저는 평소에 안노가 촬영하는 코스플레이어와 달리 그냥 평범한 학생이에요. 그런 사람을 촬영하기에 스튜디오는 아깝지요."

"그 대신 부모님이 안 계시는 우리 집은 좀 그렇지 않나?"

그렇다고 해서 시노미야네에 초대받아도 곤란하지만. 만약 그렇게 된다면 입에서 심장이 튀어나올 자신이 있다. 촬영할 때가 아니다.

"그럼 안노는 부모님이 안 계신 집에서 저랑 단둘이 있으면 이성이 폭주해서 짐승이 될 만한 분인가요?"

아니죠, 라고 확신한 얼굴로 말하는 시노미야. 왜 그렇게까지 신뢰하는지 심히 의문이긴 하지만, 답은 물론 '아니오'다.

"그런 짓을 했다가는 파멸할 거야. 신뢰를 배반하는 짓은 안 해. 절대로."

의뢰인에게는 손대지 않는다. 적절한 거리를 둔다. 그것이 양호한 관계를 유지하는 비결이다. 아버지에게 귀에 딱지가 앉도록 들은 말이다. 어머니와 가까워진 계기를 듣고 나니 그 입으로 할 소리냐고 딴죽을 걸고 싶어졌지만.

"후훗. 안노는 성실하네요. 역시 부탁하길 잘했어요."

"……나한테만 해당하는 얘기는 아닐 거야."

"그렇지 않아요. 적어도 제가 아는 한 안노는 희귀종…… 멸종위기종으로 지정되어도 이상하지 않아요."

"그럼 시노미야는 종을 보호하는 보호자가 되는 건데 괜찮겠어?"

다만 나는 그녀에게 약점을 잡혀 반쯤 자포자기했기에 보호자라기보다는 사육자 쪽에 가깝지만.

"보호하기에 안노는 너무 커요. 약을 먹고 초등학교 1학년 정도까지 작아져 줄래요? 그러면 생각해 볼게요."

"외모는 어린아이여도 두뇌는 어른이란 거야? 참아 주라."

그건 그것대로 함께 목욕하거나 나란히 잘 수 있어서 나쁘지 않지만, 그야말로 이성을 잃어버릴 자신이 있었다. 될 거면 하루 한정이어야겠다.

그런 시답지 않은 대화를 나누며 나는 시노미야와 나란히 걸어서 집으로 향했다.

역에서부터 걷기를 약 10분. 시노미야가 원해서 회의 겸 촬영을 할 우리 집에 도착하자마자 그녀는 아연한 표정으로 머뭇머뭇 물었다.

"호, 혹시 여기가 안노의 집인가요?"

"맞아. 무슨 문제라도 있어?"

"아, 아뇨……. 딱히 아무 문제도……."

살며시 목소리를 떨며 시노미야가 중얼거렸다.

다른 곳보다 약간 고층이며 컨시어지나 헬스장이 딸린 정도고, 나머지는 다른 곳과 전혀 다를 게 없는 맨션이다.

"딱히 내가 산 집도 아니니까. 게다가 시노미야네 집은 아주 멋진 주택이잖아? 딱히 놀랄 일은 없지 않아?"

"……그렇죠. 외관은 멋지니까요, 그 집은."

아무렇지도 않게 한 말에 시노미야는 감정이 사라진 얼굴과 들어본 적 없을 정도로 차가운 목소리로 대답했다. 이유가 궁금하지 않다면 거짓말이겠지만, 함부로 파고들 이야기도 아니다.

나는 애써 신경 쓰지 않으며 그녀와 함께 엘리베이터에 탔다. 휙휙 올라가는 숫자.

철로 만든 조용한 상자 속. 평소에는 긴장할 일이 없는데 희미하게 귀에 다다른 시노미야의 숨소리 때문에 심장

고동이 빨라졌다.

"왜 그래요, 안노? 얼굴이 빨개졌어요."

"……기분 탓이야. 나는 지극히 정상이야."

"그렇죠? 안노는 신사니까요. 저와 단둘이 있어도 손을 대지는 않지요?"

믿고 있어요. 시노미야가 그렇게 말했을 때 엘리베이터가 목적지 도착을 알렸다. 역시 이 아이는 천사가 아니라 소악마다. 혹은 타락 천사다.

나는 무거운 한숨과 함께 어깨를 움츠리며 복도를 걸었다. 콧노래를 흥얼거리는 시노미야가 그 뒤를 따라왔다. 널 뛰듯 오르락내리락하는 그녀의 감정에 곤혹스러워하면서도 떨리는 손을 들키지 않고자 세심하게 주의하며 잠긴 문을 열었다.

"실례하겠습니――다!"

"그래, 어서 와. 아무도 없지만."

씩씩하게 말하면서도 정중하게 신발을 정리하는 시노미야. 이런 걸 자연스럽게 할 수 있는 걸 보면 가정교육을 잘 받았다는 사실을 알 수 있다. 그런 생각을 하며 회의할 거실로 안내했다.

"마실 걸 가져올 테니 아무 데나 앉아서 기다려."

"감사합니다. 앗, 과자를 가져왔으니, 테이블에 둘게요."

그렇게 말하며 시노미야는 가방에서 과자를 꺼내 뜯었다.

마음 씀씀이가 너무 고와도 문제구나. 내가 미안해진다.

"오래 기다렸지? 루이보스티 괜찮아?"

"신경 쓰지 마세요. 아무거나 괜찮아요. 그런데 루이보스티라니…… 의외로 세련되네요. 혹시 누군가의 영향인가요?"

유리잔을 내밀자 짓궂게 히죽거리며 시노미야가 물었다.

"이상한 추측을 하는 중에 미안하지만, 이건 엄마의 영향이야. 좋아하는 사람이 마셔서 그런 게 아니라고."

"어머, 그랬군요. 저는 당연히 친한 코스플레이어분의 취향인가 했죠……. 실례했습니다."

"어휴……. 쓸데없는 소리 그만하고 본론으로 들어가자."

이대로 시노미야의 페이스로 이야기를 질질 끌다가는 순식간에 해가 저물 것이다. 그리고 이 일을 아라타에게 들켰다가는 "그건 집 데이트 아니냐?!"라며 태클을 걸 것이 틀림없다. 얼른 주도권을 잡아야 한다.

"부끄러운 모습을 찍는 거야 상관없지만…… 특정한 느낌이나 이미지가 있다고 했지? 그걸 가르쳐줄래?"

"그 이야기를 하기 전에 우선 이쪽을 봐줄래요?"

그렇게 말하며 시노미야는 스마트폰을 조작한 뒤 내게 내밀었다. 별처럼 많은 팬을 보유한 여성의 SNS 홈 화면이었다.

얼굴은 안 나왔지만 몹시 풍만한 과실이 특징이며, 일상이나 란제리, 페티시즘 계열의 사진을 매일 업로드하는 사람이다. 나도 몇 번인가 본 적이 있었다.

솔직히 시노미야와는 거리가 먼 사람이라고 생각하는데, 이게 무슨 관계가 있다는 걸까?

"반 친구들이 알려줬어요. 지금은 우리 같은 아마추어도 사이트에 사진을 올려서 팬이 생기면 쉽게 돈을 벌 수 있다고요."

"……그게 가능한 건 상위 몇 퍼센트뿐이야. 아무리 그래도 이 세계를 너무 모르는 데다, 무엇보다 너무 얕보는 거라고."

나도 모르게 목소리에 화가 배었다. 아무것도 모르면 그런 생각을 하는 것도 이해하지만, 실제로 사진을 찍는 입장에서 논하자면 잠꼬대는 잘 때나 하라고 말하고 싶어진다.

"제가 끌린 건 그게 아니에요. 이 사진을 계기로 다양하게 알아보고 제 나름대로 깨달은 게 있어요."

"……뭔데?"

"다들 정말 즐거워 보여요. 코스프레에서도 노출이 많은 사진에서도. 자기가 하고 싶은 것, 좋아하는 것을 최선을 다해 표현하지요……. 저는 그 아름다움에 매료됐어요."

"그래……?"

"많은 분의 사진을 보면 볼수록…… 저도 해 보고 싶다, 찍어 보고 싶다는 생각이 들었어요."

가슴께에 손을 대며 말하는 시노미야의 표정은 한없이 진지했다. 나는 순간적으로 품었던 화를 심호흡과 함께 토해내며 마음속으로 사죄했다.

　"말해 줘서 고마워. 시노미야의 마음은 알았어. 그래서 이야기를 처음으로 되돌리자면, 찍고 싶은 모습이란 게―."

　"안노가 제 본연의 모습을 찍어 줬으면 해요. 안 될…… 까요?"

　기대와 불안이 뒤섞인 목소리로 매달리듯 말하면 거절할 수 있을 리가 없다. 오히려 시노미야를 촬영할 수 있다면 돈을 내서라도 하고 싶다. 다만, '본연의 모습'이라는 게 어떤 모습인지 상상되지 않아서 신경 쓰였다.

　"아, 안노. 가만히 있지 말고 대답해 줘요. 저를…… 찍어 줄 거지요?"

　"아…… 미안해. 물론 찍어야지. 오히려 찍게 해달라고 부탁하고 싶은 정도야."

　"감사합니다. 안 된다고 하거나 거절하면 어쩌나 했는데 안심이네요."

　그렇게 말하며 시노미야는 안도한 미소를 지었다. 유즈하 씨에게 필적하는 미녀를 촬영할 수 있다니 바라마지않는 일이다.

　"처음부터 안노에게 거부권 같은 건 없었지만요. 거절하면 죄다 까발렸을 거예요."

협박이 없었다면 좋았을 텐데. 나는 한숨을 쉬며 시노미야에게 물었다.

"그래서 본연의 모습이라는 게 구체적으로 어떤 거야? 생각하는 이미지가 있어?"

"네. 있어요. 이미 한 번 안노가 찍어 줬지만요."

"내가 찍은 거? 교실에서 찍은 그거 말이야?"

내가 시노미야를 촬영한 것은 협박받는 계기가 된 도촬 사진뿐. 그때 시노미야는 앞섶이 벌어진 교복 차림을 셀카로 찍으려 했는데, 혹시 설욕하려는 건가?

"네. 안노가 찍은 그 사진은 제가 찍고 싶었던 것이라, 꼭 그런 느낌으로 또 찍어 줬으면 좋겠어요."

"……그렇군. 그래서 오늘 사복이 아니라 교복을 입은 거구나? 납득이 가네."

"맞아요. 게다가 집이라면 이목을 신경 쓰지 않고 스스럼없이 벗을 수 있을 것 같았어요."

단, 여긴 우리 집이거든. 마음속으로 그렇게 딴죽을 걸었다. 남자 집에서 교복을 벗는다는 워딩은 썩 바람직하지 않다만.

"참고로 제가 상상하는 시추에이션은 '처음으로 같은 반 남자애네 집에 가서 방에서 공부하다가 야한 분위기로 흘러가서……'예요!"

"공부에서 끝내야 하는 거 아니야?! 야한 분위기가 되면 안 되잖아?!"

나는 테이블을 쾅 때렸다. 시노미야의 입에서 야하다는 말을 듣고 흥분한 게 절대 아니다. 다만, 너무나도 구체적인 이미지에 그런 경험이 있는지 의심스러워졌다.

"어디까지나 시추에이션 이야기예요. 실제로 그런 걸 한다는 게 아니라고요. 정말이지…… 안노는 대체 무슨 상상을 한 거죠?"

"사춘기 남자를 놀리지 마……."

벌써 몇 번째인지 모를 한숨을 쉬며 나는 일어섰다. 이 상태로 즐겁게 대화하다가는 촬영에 들어가기 전에 정말로 해가 저물 것이다.

"어디 가세요?"

"촬영 준비. 집 어디에서 촬영하든 시노미야가 그리는 이미지부터 만들어야 하니까."

"그럼 촬영 장소는……."

"같은 반 남자애 방에서 공부했다며? 그럼 내 방에서 촬영할 수밖에 없지."

절대로 본의는 아니지만, 아버지의 서재에 들여보낼 수는 없고, 부모님 침실은 논외다. 소거법으로 내 방밖에 없다.

다행히도 방 안은 깔끔하게 정리했고 봐서는 안 될 것은 모두 PC 안에 들어 있으니 문제없다.

"공부하는 거면 작은 테이블이 있으면 좋겠네. 예전에

쓰던 게 벽장에 남아 있을 텐데…… 꺼내 볼까?"

"저, 저기…… 안노? 그런 것까지 고집할 필요는 없지 않나요?"

"내가 모르는 나, 본연의 모습을 보고 싶다며? 그럼 세세한 것까지 고집해야지."

실제 촬영에서도 현장에 있는 소도구를 애드리브로 사용하면 퀄리티가 올라가는 건 흔한 이야기다.

이번 경우에는 어떻게 해서 '그냥 평범한 스터디에서 변화'를 연출할지가 중요하다. 그것을 상상하며 세팅하는 것이 내 일이며 실력을 발휘할 순간이기도 하다.

"그러니까 잠깐만 기다려. 30분 정도면 될 거 같으니까, 그때까지 텔레비전이나 보고 있어."

"잠깐만요, 안노?!"

당황하는 시노미야의 목소리를 무시하고 나는 계획을 세웠다. 소도구 이외에도 조명용 스트로브 설치에 설정 등 할 일은 많았다. 아니, 이번에는 의도적으로 자연광만 이용해 촬영하는 것도 괜찮겠는데?

"저, 저도 도울 일이 없을까요……?!"

"응? 신경 쓰지 말고 가만히 있어도 돼."

"하지만 제가 부탁한 일인데 가만히 기다리는 건……."

그런데도 시노미야는 미안한 듯한 표정으로 어깨를 축 늘어뜨렸다. 이래서야 내가 미안한 짓을 한 것 같은 기분이

든다.

"음…… 그럼 분위기 조성을 위해 같이 방으로 갈까? 거기서 어떤 느낌으로 찍고 싶은지 생각해 봐."

시노미야가 여기서 할 일은 사진을 찍히는 것이다. 베스트 퍼포먼스를 위해 분위기를 만들 필요가 있었다.

"그런 분위기가 조성되면 어떤 표정을 지을지, 미리 상상을 부풀려 둬."

"알겠어요. 그럼 저는 안노 방에서 이런저런 생각을 해 볼게요."

"잘 부탁해. 좋은 사진을 찍을 수 있도록 노력하자."

"그건 그렇고 제가 막 방에 들어가도 괜찮나요? 들키고 싶지 않은 건 잘 숨겨뒀나요?!"

그렇게 말하며 몸을 앞으로 내밀더니 어째서인지 눈을 반짝반짝 빛내는 시노미야. 찾을 생각이 가득한 모습에 가벼운 현기증이 났다.

"처음으로 남자 집에 갔을 때는 야한 책을 찾는 게 정석이라고 들었어요! 그러니까…… 괜찮겠죠?!"

"대체 뭐가 괜찮은 건데?! 애초에 그런 정석은 없어! 그보다 시노미야에게 그런 걸 주입한 놈은 누구야?!"

성녀나 천사라며 숭배하는 여자애에게 쓸데없는 걸 주입하지 마. 이대로 내버려두면 동인에서 자주 보는 '겉모습은 청초하지만 실은 음란녀' 히로인 노선을 탈 것이다.

"얌전히 앉아서 이미지 트레이닝이나 해! 제발 컴퓨터에는 손도 대지 말고!"

"그렇군요……. 중요한 건 디지털화해 둔 거군요."

"편집 중인 소중한 데이터가 있다고!"

나의 혼신을 담은 절규가 거실에 울려 퍼졌다.

역시 이 짓궂고 개구쟁이 같은 일면이 바로 시노미야 리노아의 본성이 아닐까? 촬영회를 할 필요가 있을까? 새삼 그런 의문을 품으며 나는 촬영 준비에 돌입했다.

*****

이래저래 요란하던 시노미야는 방으로 안내하자 얌전해졌고, 점차 표정에도 긴장한 기색이 역력했다.

"좋았어, 일단 이런 느낌이면 될까? 공부하는 분위기도 나지?"

내가 어렸을 때 쓰던 작은 테이블을 벽장에서 꺼내 그 위에 교과서와 노트, 필기도구를 올렸다. 또한 놀러 온 느낌을 내기 위해 컵 두 개를 준비했다. 그리고 분위기를 중시하기 위해 자연광으로 촬영하기로 했다.

"아, 네! 와와완벽해요."

뒤집어진 목소리로 대답하는 시노미야. 이제부터가 본격적인 촬영인데 괜찮을까? 나는 일말의 불안을 품으며 애용하는 카메라를 손에 들었다.

"그럼 시작할까? 시노미야, 준비됐어?"

"괘, 괜찮아요. 해볼게요."

그렇게 말하며 심호흡을 반복하는 시노미야. 빈 교실에 있던 때와 달리 처음으로 카메라를 앞에 두면 긴장하는 게 당연하다. 다만 이런 모습도 시추에이션으로는 적절하다. 나는 조용히 셔터를 눌렀다.

"앗, 벌써 찍나요?!"

찰칵, 찰칵 소리에 깜짝 놀란 시노미야. 이건 신호도 없이 촬영한 내 잘못이지만, 너무나도 이미지에 부합해서 나도 모르게 손가락이 움직였다.

"물론이지. 느낌 좋은 설렘이 전해져."

"아으……."

부끄러운 듯 등을 보이는 시노미야. 그 반응도 귀엽고 시추에이션에 들어맞아서 나도 모르게 미소가 새어 나왔다.

"시노미야. 조금씩 교복을 벗어볼래?"

"버, 벌써 거기에 돌입하나요?!"

"천천히 단추를 하나씩 풀어보자. 아, 벗기 전에 몸을 이쪽으로 돌리고."

그다지 넓은 방이 아니기에 내가 이동할 수 있는 범위가 한정되어 있었다. 정면으로 돌아나가려 해도 시노미야가 몸을 감추니 뱅뱅 돌고만 있다.

"으으…… 왜 안노는 그렇게 냉정한 거죠? 저 혼자 긴장하면 바보 같잖아요."

"이건 촬영이니까. 일일이 긴장하면 일을 못 해."

말은 그렇게 했지만 전혀 긴장하지 않았냐고 하면 당연히 아니다. 한순간이라도 피사체에서 눈을 뗄 수는 없기에 여유가 없다는 것이 정답이었다.

"아, 알겠어요……."

목소리를 떨면서도 각오한 시노미야가 천천히 몸을 이쪽으로 향했다. 한 번 심호흡을 한 뒤 리본을 스르륵 풀고 그대로 첫 번째, 두 번째 단추로 손을 뻗었다.

"하아…… 하아, 하아……."

자연스레 시노미야의 호흡이 열기를 띠었다. 뺨은 새빨개졌고 서서히 표정도 요염하게 녹아내렸다.

이것이 항상 교실에서 친구들에게 둘러싸여 미소를 흩뿌리는 옆자리 친구와 동일 인물이라고는 생각할 수 없었다. 그런 인기인이 내 방에서 판타지를 넘어 음란한 모습을 드러내고 있다고 생각하자 머리가 이상해졌다.

"아, 안노……."

농염한 목소리로 내 이름을 부르며 시노미야는 블라우스를 크게 풀어 헤치고 얼굴을 돌리며 깨끗한 피부와 나이답지 않게 성숙한 속옷──정열의 레드 바탕에 장미 자수와 레이스가 달려 있고 화려한 금실이 빛났다──에 감싸인 매혹적인 과실을 백일하에 드러냈다.

"…………."

그 모습이 너무나도 요염해서. 나는 무의식중에 마른침을 삼켰다. 그와 동시에 시노미야 리노아가 수치심에 얼굴을 물들이는 모습을 보는 것은 이 세상에서 나뿐이라는 우월감에 사로잡혀 말이 나오지 않았다.

"정말 아름다워, 시노미야. 그럼 다음은——."

"……네. 알고 있어요."

내가 지시하기도 전에 의도를 파악한 시노미야가 렌즈를 들여다보듯 네 발로 엎드린 자세를 취했다.

——공부를 가르쳐달라는 건 구실이고 소녀는 처음부터 이게 목적이었다. 그에 반해 소년은 갑작스러운 사태에 당황해 어쩌면 좋을지 몰랐다. 그런 미적지근한 태도에 속이 타서 강제로 밀어붙인다——

어느샌가 그런 역할에 몰입했는지 시노미야의 표정에서 자연스레 수치심은 사라지고, 대신에 "마음대로 해도 돼"라고 호소하는 듯 아름다운 얼굴이 되었다.

"응, 표정 좋아."

처음의 긴장은 온데간데없고, 내 목소리도 들리지 않는지 시노미야의 연기는 더욱 가속되었다. 입맛을 다시며 사냥감을 몰아넣은 암표범처럼 천천히 접근했다. 그 동작에 맞추어 나는 후퇴하며 화각을 위아래로 바꾸고, 때로는 우에서 좌로 몸을 옮기며 촬영을 이어갔다.

"……왜 도망치는 거죠?"

다가가도 도망가는 소년에게 분노가 아닌 불안을 느낀 듯 시노미야가 눈동자를 적시며 달콤한 목소리를 냈다. 마음이 전해지지 않아 초조하고 애가 타는 모습도 연기라고는 생각할 수 없을 정도로 리얼했다.

"저를…… 봐요. 더, 많이……."

그렇게 말하며 시노미야는 내게서 거리를 두더니 그대로 침대 쪽으로 이동했다. 뭘 할 생각인지 그 일거수일투족을 놓치지 않고자 온 신경을 집중했다.

"위뿐만 아니라 여기도……."

한쪽 다리를 세워 침대 끝에 앉은 시노미야는 치맛자락을 잡고 조용히 걷어 올렸다. 젖혀 올리기까지 겨우 몇 초. 내 눈에 비친 세계가 느려지며 처음부터 끝까지 카메라에 담는 데 성공했다.

일부에 약간 투명감 있는 진홍색 쇼츠를 아낌없이 보여주는 모습은 남자를 색욕의 세계로 집어삼키는 몽마 같았다.

"어, 어떤가요? 오늘을 위해 샀는데…… 잘 어울리나요?"

"물론이지. 아주 잘 어울려."

평소에는 정숙한 소녀가 옷 아래에 입은 것은 대담한 디자인의 속옷이라는 간극을 싫어할 남자는 없다.

"그럼…… 안노 마음대로 해도 돼요."

벗다 만 블라우스 단추를 모두 풀자, 느리지만 주저 없이 어깨에서 내려 벗었다. 마치 번데기에서 탈피한 나비 같았다. 그리고 그대로 몸을 침대에 기울이며 손을 뻗었다.

『……이쪽으로 와요. 저랑 기분 좋은 걸 해요.』

『함께 끝까지 타락해요.』

그런 극상의 감미로운 목소리가 들리는 듯 매혹적인 표정을 짓는 시노미야.

아아, 정말 아름답구나. 내가 카메라를 쥔 것은 이 사람의 이 순간을 찍기 위해서가 아니었을까? 그런 말도 안 되는 착각과 함께 그녀의 밑으로 다가가며 셔터를 눌렀다.

"와요……."

시노미야의 속삭임은 끼익, 하고 침대가 삐걱거리는 소리에 묻혀 사라졌다. 이대로 이성을 버리고 밀쳐 쓰러뜨릴 수 있다면 얼마나 행복할까? 하지만 그것은 한 번 빠지면 평생 헤어날 수 없는 끝없는 늪이기도 하다.

"저를 만져 주세요……."

열기 띤 목소리로 말하며 시노미야가 등 뒤로 손을 돌리자 딸깍, 하는 작은 금속음이 울렸다. 그 소리의 정체가 무

엇인지 알기 전에 속옷이 바닥으로 팔랑 떨어졌다.

"…………."

꿀꺽 마른침을 삼켰다. 아직 블라우스를 걸치고 있지만 매혹적인 과실을 덮고 있던 마지막 보루가 사라져 맨살이 훤히 드러났다. 이것을 마음껏 대할 수 있다면 미련 없이 승천할 수 있으리라.

"자, 안노 마음대로 해도 돼요."

누워서 유혹하듯 양팔을 벌린 시노미야. 그 모습은 그야말로 타락의 길로 인간을 유혹하는 타천사의 그것이었다. 순백의 날개는 검게 물들고, 가련한 미소에는 음욕의 빛깔이 뒤섞였다.

나는 하늘을 올려다보며 뜨겁게 끓어오르는 것을 뿌리째 토해낸 뒤 시노미야의 손을 잡고 일으켜 세우고 내 재킷을 벗어 반라의 시노미야의 어깨에 입혀 주었다.

"수고했어, 시노미야. 촬영은 끝났어."

"……흐엥?"

제정신이 들었는지 얼빠진 목소리를 내는 시노미야. 조금 전까지 혼을 쏙 빼놓고자 유혹하던 사람과 동일 인물이라고는 생각할 수 없었다.

"아주 좋은 사진을 많이 찍었어. 사진은 편집해서 나중에 보내 줄게."

"네, 네에……."

"자세한 이야기는 옷을 입은 뒤에 할까? 난 거실에서 기다릴 테니 옷을 다 입으면 나와."

그럼, 하고 재빨리 말하고 쏜살같이 방에서 나갔다. 뒤에서 "잠깐만요, 안노?!" 하고 시노미야가 황급히 말을 걸었지만, 마음속으로 사죄하며 무시했다.

"위험했어…… 하마터면 체포될 뻔했네."

쾅 닫힌 문에 기댄 나는 방금 촬영한 사진을 보며 혼잣말했다. 극도의 긴장에서 해방되었기 때문인지 다리에 힘이 들어가지 않아 그 자리에 풀썩 주저앉은 채 머리를 감쌌다.

뭐가 "일일이 긴장하면 일을 못 해"냐? 시노미야의 몸, 그리고 동갑이라고는 생각할 수 없는 색향에 완전히 매료되고 말았다. 내가 생각해도 한심하다.

"시노미야가 오기 전까지 머리 좀 식히자……."

무거운 한숨을 쉬며 나는 느릿느릿 일어나 거실로 향했다. 우선은 본능에 이성이 지지 않은 것을 칭찬하자. 반성은 그 뒤에 해도 늦지 않다.

갓 찍어 따끈따끈한 사진들을 확인하며 기다리기를 십여 분. 몸단장을 마친 시노미야가 미안한 듯한 표정으로 거실로 나왔다.

"오, 오래 기다렸죠……?"

"수고했어. 첫 촬영회는 어땠어?"

애써 냉정하게. 아무 일도 없었다는 듯 말을 걸었다. 어깨를 축 늘어뜨린 채 시노미야는 의자에 오도카니 앉았다.

"──어요."

고개를 숙이며 중얼거린 시노미야.

"응? 뭐라고?"

"정말 즐거웠어요. 안노가 카메라를 들고 있던 동안에는 뭐랄까…… 제가 아닌 것 같은 감각이 들었어요."

이런 적은 처음이에요, 라며 얼굴을 들고 말하는 시노미야는 어딘가 황홀한, 매우 탐미적인 미소를 짓고 있었다.

"제가 생각해도 놀라워요. 무의식중에 블라우스를 벗고 치마에 손을 대다니……."

"나도 놀랐어. 하지만 그때 시노미야는 틀림없이 아무도 모르는 시노미야였을 거야. 이게 그 증거야."

카메라를 조작해 무수히 찍은 사진 중에서 내가 최고의 한 장──침대에 누워 유혹하는 모습──이라고 생각하는 것을 시노미야에게 보여주었다.

"이게…… 저라고요? 정말로요……?"

"응. 여기 찍힌 사람은 틀림없이 시노미야 리노아, 바로 너야."

믿을 수가 없다고 말하며 시노미야는 즐거운 듯 화면을 넘기며 다른 사진도 보았다.

"어때? 거기에 네가 모르는 네가 찍혀 있어?"

"네…… 모든 사진이 제가 아닌 것 같아요. 그런데 설마 이렇게 살갗을 노출했을 줄은 몰랐어요. 속옷도 안노에게 보여주는 것 같아서…… 너무 부끄러워요."

"그러고 보니 오늘을 위해 샀다고 했었지……."

"제가 그런 말까지 했나요?! 안노, 촬영 중에 제가 한 말은 잊어 주세요! 지금 당장! 가급적 빠르게! ASAP!!"

우발적으로 진실을 확인하려 하자 테이블을 쾅 때리며 시노미야가 얼굴을 새빨갛게 물들인 채 외쳤다.

"아, 알았어! 잊도록 노력할게! 적어도 오늘 일은 아무한테도 말하지 않겠다고 약속할게."

"다다다당연하죠! 이건 우리 둘의 비밀 계약이니까요! 아무한테도 말하면 안 돼요!"

두말하면 잔소리예요, 라고 못을 박았기에 나는 고장 난 태엽 인형처럼 고개를 끄덕였다. 집에 시노미야를 초대해 방에서 교복을 반쯤 벗은 모습을 몇 장이나 사진에 담았다는 걸 팬클럽 녀석들에게 들킨다면 다음 날 아침 해는 보지 못할 것이다.

"후우…… 그건 그렇고 안노, 다음 촬영회는 언제로 잡을까요?"

"……다음? 촬영은 오늘로 끝난 거 아니야?"

시노미야가 바라던 '부끄러운 모습의 사진'과 '내가 모르는 나'라는 조건은 이번에 충족되었을 것이다. 그런데 더 한다는 말인가?

"물론이죠. 단 한 번 만에 지금까지 몰랐던 저를 알 수 있을 리 없잖아요."

"그건 뭐…… 확실히 그렇지."

"그러니 촬영은 앞으로도 계속해야죠! 오늘 하루 즐거웠다거나 사진이 좋았으니 한 번에 끝내기는 아깝다고 생각하는 게 절대로 아니에요!"

"카메라맨으로서는 기쁜 말이다만……."

수단과 목적이 뒤바뀌었지만, 지적하는 건 눈치 없는 짓일 것이다. 게다가 나 역시 시노미야를 또 찍을 수 있다는 사실에 조용히 흥분하고 있었다.

"그러면 바로 다음 촬영 회의를 해요! 어떤 시추에이션이 좋을까요?! 저는 수영복이 좋을 것 같아요! 그것도 그냥 수영복이 아니라——."

"그래, 알았어. 하지만 일단 진정 좀 할까? 다음 촬영 전에 해야 할 일이 있어."

거친 콧김을 내뿜으며 계획을 떠드는 시노미야를 쓴웃음 지으며 달랬다. 마음은 이해하고, 나 또한 당장이라도 일정을 잡아 그녀를 찍고 싶다. 하지만 그러려면 피할 수 없는 길이 있다. 그것은——.

"일단은 오늘의 반성회를 하자."

"바, 반성회요? 그럴 필요 없지 않나요? 왜냐하면……."

"모든 사진이 훌륭했으니까? 정말 기쁜 말이지만 그것과 이건 별개야. 근본적인 이야기를 하자면——."

그로부터 약 1시간. 나는 오늘 촬영 중에 느낀 것을 시노미야에게 되도록 친절하게 전했다. 그 결과 시노미야가 어떻게 됐냐 하면, 얼굴에서 귀를 넘어 목까지 김이 피어오를 정도로 새빨개진 채 몸부림쳤습니다.

"으으…… 이래서야 시집도 못 갈 거예요. 안노가 책임져요."

"왜 그렇게 되는데……? 뭐, 시노미야가 시집온다면 쌍수 들고 환영하겠지만."

"노, 농담을 진지하게 받아들이지 말아요! 안노는 바보예요!!"

"너무한 거 아냐?"

이렇게 시시한 잡담을 하다 보니 어느샌가 해가 저물어 역까지 바래다 달라는 재촉을 받았다. 정말 제멋대로인 공주님이다.

다만, 이런 식으로 집에서 누군가와 긴 시간을 보내는 건 오랜만이어서 시노미야가 집으로 돌아간 이후 집 안은 몹시도 적적해 보였다.

제3화: 세상은 의외로 좁다

시노미야와 첫 촬영회 이후 일주일이 지났다.

사진 엄선과 가공, 편집이 끝나고도 그 사건은 꿈이 아니었을까 싶을 정도로 비일상적인 체험이었다.

그것은 아마 상대가 교내에 팬클럽이 생길 정도로 인기가 많은, 내 옆자리에 앉은 같은 반 여학생이었기 때문일 것이다. 유즈하 씨와 처음으로 개인 촬영을 했을 때도 시종일관 들떴지만, 그건 그야말로 처음이었기 때문이다. 그 뒤로 경험을 쌓았기에 다소 긴장은 해도 이성을 잃기 일보 직전까지 가는 일은 없다.

"안노, 오늘은 어디에 가나요? 촬영은 안 하나요?"

"오늘은 쇼핑하러 간다고 말했잖아? 촬영은…… 시간이 남으면."

그리고 맞이한 두 번째 주말. 집에서 뒹굴거리며 보낼 예정이었는데 어쩌다 보니 시노미야와 함께 외출하고 있었다.

현재 우리가 있는 곳은 아키하바라. 솔직히 시노미야와는 인연이 없는 동네이기는 하지만, 다음 촬영에 쓸 물건을 살 수 있는 가게는 이곳에만 있기에 앞뒤 가릴 때가 아니다.

참고로 평범한 외출이므로 오늘 시노미야는 사복 차림
이다.

착장은 갈색 체크무늬의 여성스러운 원피스. 하이웨스
트로 허리에 벨트가 달려 있어 시노미야의 뛰어난 스타일
이 한층 더 돋보였다. 정밀한 비스크돌 같아서 일순 매료
된 것은 비밀이다.

실제로 역에서 합류했을 ——이번에도 내가 먼저 도착
해서 대기했다—— 때 주위 사람들이 숨을 삼키고 넋을 잃
은 듯 시노미야에게 시선을 보냈다. 그러니 나는 아무 잘
못도 없다.

"일부러 본격적인 물건을 준비할 필요는 없지 않나요?
양산품으로는 안 되나요?"

평일과 주말을 불문하고 인파 속을 걷자, 시노미야가 지
극히 지당한 질문을 했다.

"뭐, 보통은 그렇게 생각하겠지. 단 한 번의 촬영에 쓸
물건이니 아무거나 상관없지 않냐는 거잖아?"

내가 묻자 시노미야는 고개를 끄덕였다. 한 번밖에 입지
않을 텐데 비싼 옷을 사기는 돈이 아깝다는 생각이리라.
그것을 부정할 생각은 없고, 오히려 그게 더 일반적인 감
각이다.

"하지만 그건 바꿔 말하면…… 한 번밖에 하지 않을지도
모르는 촬영이란 뜻이기도 하지. 단 한 번이라면 의상도

심혈을 기울이고 싶지 않아?"

"그건 확실히 그렇지만……."

"물론 그것도 케이스 바이 케이스겠지만."

유즈하 씨도 기성 제품으로 끝내는 경우도 있고, 예산을 물 쓰듯 써서 주문 제작하는 경우도 있다. 때로는 수고를 들여 직접 만들기도 한다.

물론 한 번 쓴 의상으로 시추에이션이나 계절을 바꿔 촬영하기도 한다. 그러면 마치 처음 촬영하는 듯한 기분을 맛볼 수 있다.

"중요한 건 찍고 싶은 이미지를 형태화하기 위해 뭐가 제일 좋냐는 거야. 그래서 이번에는 이왕이면 심혈을 기울이자는 거지."

"이야기는 이해했어요. 그렇게 해 주는 건 기쁘지만, 정작 중요한 돈은 괜찮나요?"

"그건 걱정하지 않아도 돼. 지금 갈 가게의 사장님과는 친분이 있으니, 융통성 있게 대응해 줄 거야."

우리가 지금 가는 곳은 본래 유즈하 씨의 단골 가게다. 계기는 안건 촬영이었다고 들었다. 그때 찍은 사진을 SNS에 올리자 큰 화제가 돼서, 가게도 예상을 훨씬 웃도는 매상을 올렸다. 카리스마 코스플레이어의 힘은 대단하다.

"안노는 혹시 제가 생각하는 것보다 이 업계에서 발이 넓은가요?"

"그럴 리가. 나는 아직 신출내기 카메라맨이야."

내가 촬영한 것은 유즈하 씨와 시노미야밖에 없으니까. 인기 카메라맨이 되면 찾는 곳이 많아진다. 찍어 달라는 의뢰가 끊이지 않는다고 한다.

"아, 그리고 미리 말해 둘게. 사장님은 좋은 사람이지만 조금 별나다고 할까, 개성이 강한 사람이야. 당황스럽겠지만 열심히 적응해 줘."

"네? 그게 무슨 뜻이죠? 이상한 사람은 아니겠지요?!"

불안해졌는지 쩔쩔매는 시노미야. 하지만 슬프게도 내가 설명하기도 전에 목적지에 도착하고 말았다. 그리고 대답 없이 문을 열고 안으로 들어갔다.

"와아…… 굉장하네요."

가게 안에 발을 들인 순간, 시노미야가 눈을 반짝이며 감탄한 목소리를 냈다.

들어가자마자 눈에 들어온 대량의 의복. 만화나 게임, 애니메이션 캐릭터가 입고 있는 의상을 비롯해 메이드복이나 오늘의 목적인 경영 수영복이 펼쳐져 있었다. 그뿐만 아니라 가발이나 주문 제작용 원단 등도 팔고 있기에 그야말로 다채로웠다. 나아가 탈의실, 한 층 위에는 촬영 코너도 있는 코스플레이어의 천국 같은 곳이었다.

"어서 와──! 기다리고 있었어, 탓군!"

카운터에서 쓸데없이 덩치 큰 남성이 손을 흔들며 이쪽

으로 다가왔다.

"안녕하세요, 우에즈 사장님. 그리고 슬슬 그 탓군이라는 별명은 좀 바꿔주시면 안 될까요?"

"나한테 탓군은 영원히 귀여운 탓군이야! 깜찍한 여자애랑 같이 왔다고 해서 허세 부리지 마!"

"저, 저기…… 안노? 혹시 이분이?"

너무나도 텐션이 높은 모습에 깜짝 놀란 걸까? 아니면 눈앞에 나타난 덩치 큰 남성이 완벽히 화장한 게 곤혹스러웠을까? 시노미야는 내 뒤에 숨으며 물었다.

"소개할게, 시노미야. 이분은 우에즈 타케루 씨. 기성 제품부터 주문 제작 의상까지, 코스프레이어에게 필요한 건 모두 갖출 수 있는 이 가게의 사장님이야. 겉모습은 저렇고 짜증 날 때도 종종 있지만, 기본적으로는 무해한 사람이니 안심해."

"잠깐, 탓군! 소개가 너무한 거 아니야?!"

내 말이 마음에 들지 않았는지 사장님이 굵은 목소리로 항의했다. 시노미야는 뭐가 뭔지 모르겠다는 모습이었다. 그 마음은 이해한다. 나도 유즈하 씨를 따라 이 가게——상호는 '이모션'이다——에 왔을 때는 크게 당황했다. 그리고 우에즈 사장님의 존재감에 압도되어 실컷 놀림을 받은 것은 좋은 추억이다.

"뭐, 탓군의 주특기인 츤데레로 알고 봐줄게. 그보다 같이 온 아이를 소개해 줄래?"

나는 츤데레가 아니라고 딴죽을 걸고 싶었지만, 이야기를 진행하기 위해 꾹 참았다.

"이쪽은 같은 반 친구인 시노미야 리노아예요. 오늘은 촬영회용 의상을 사러 왔어요."

"흐음…… 탓군이 유즈하 말고 다른 사람과 촬영회를 하다니……. 게다가 이렇게 귀여운 친구라니. 유즈하의 허락은 받았어?"

"그 점은 노코멘트하겠습니다. 유즈하 씨에게는 부디 비밀로 해 주세요."

"안 받았다는 거네. 나야 입 다물겠지만, 찍은 사진을 올리면 단박에 들킬걸?"

SNS 순회를 빼먹지 않는 유즈하 씨다. 사장님의 말대로 사진을 올리면 금세 발견해 추궁할 것은 불 보듯 뻔했다.

"사진만 보고 누가 찍었는지 알 수 있나요?"

시노미야가 머뭇거리며 소박한 의문을 표했다. 그런 그녀에게 사장님은 빙긋 웃었다.

"물론이지. 아는 사람은 보면 알아. 촬영법, 구도, 편집이나 가공 방식에 그 사람 특유의 버릇 같은 게 나오거든. 탓군을 전속 카메라맨으로 삼은 유즈하라면 더욱 그렇지."

"시노미야의 사진은 올릴 생각은 없으니, 사장님만 입다물면 문제없을 거예요."

"어머, 그래? 기껏 찍었는데 아깝다."

"그러고 보니 저도 자세한 이유를 못 들었어요. 안노, 왜 올리면 안 되나요?"

사장님과 시노미야가 입을 모아 물었다. 지극히 지당한 질문이고, 내가 관계없는 제삼자라도 같은 질문을 했을 것이다.

"처음에는 나도 올릴지 고민했어. 다만 그럴 수 없는 치명적인 이유가 나중에 밝혀졌지."

그렇게 말하며 나는 스마트폰에 옮겨 둔 지난번 사진을 사장님에게 보여주었다. 그것을 본 순간, 사장님은 이유를 짐작했는지 "아이고……" 하고 목소리를 냈다.

"이래서는 올리고 싶어도 못 하겠네. 탓군답지 않게 너무 경솔했던 거 아니야?"

"네…… 알아차렸을 때는 이미 늦었어요."

"다음에 교복 차림으로 촬영할 때는 최소한 기성 제품을 사용하도록 해."

사진을 공개할 수 없는 이유. 그것은 바로 긴카 고등학교의 교복을 입고 촬영했기 때문이다. 아는 사람은 블라우스나 치마를 보면 어느 고등학교인지 알 테고, 얼굴을 가려도 체형으로 피사체가 누구인지 특정될지도 모른다.

요컨대 정체를 들키지 않기 위함이다. 그렇게 설명하자 시노미야도 납득이 간 듯 고개를 끄덕였다.

"그런 거였군요. 저로서는 개인용이라 딱히 상관없지만요."

"정말 아깝네. 탓군과 콤비라면 유즈하에게 필적할 정도의 거물이 될 수 있지 않을까?"

"아니에요. 딱히 그런 목적으로 찍는 게 아니니까요."

팬 사이트를 만들거나 사진집을 만들어 판매하는 게 아니다. 이것은 시노미야 자신이 모르는 자신을 찾기 위한 활동이다.

"그런 것치고는 상당히 선정적인 사진인데……? 앗! 혹시 탓군…… 같은 반 여학생의 야한 모습을 독점하고 싶은 건가?!"

"네에?! 그런 건가요, 안노?!"

"왜 그렇게 되는 건데……."

두 여자(?)의 말에 나는 진저리 치며 이깨를 움츠렸다. 물론 사장님의 말을 모두 부정할 수 있다고 한다면 거짓말이겠지만.

"자. 탓군을 놀리는 건 이쯤 해 두고. 슬슬 일 이야기를 해 볼까?"

반짝반짝 별이 튀어나올 듯 가련한 윙크를 날리는 우에즈 사장님. 동작은 귀여운데 외모의 임팩트가 강렬해서 반응하기 곤란하지만, 그걸 입 밖에 내면 가차 없이 불 주먹이 날아올 것이다. 나는 일단 조용히 고개를 끄덕였다.

"경영 수영복이 필요하다고 했지? 두 번째 촬영으로 고르기에는 꽤 대담한 의상 선택이네. 그 공격적인 느낌, 싫지 않아!"

사장님의 말대로 교복 다음에 촬영하는 의상이 경영 수영복인 것은 나로서도 생각하는 바가 없지 않다. 다만 이것은 다름 아닌 시노미야가 원하는 것이다.

"저로서는 중학생 때 쓰던 학교 수영복도 괜찮았지만, 안노가 만류했어요."

"아하하하! 리노아, 의상으로 학교 수영복을 제안했어?! 혹시 가슴에 크게 이름이 적혀 있어?"

"네! 대문짝만하게 '시노미야'라고 적혀 있어요!"

어째서인지 에헴 하고 가슴을 펴며 의기양양하게 말하는 시노미야의 모습에 나는 머리를 감쌌고, 사장님은 손뼉을 치며 박장대소했다.

"대단하다!! 게다가 중학생 때 썼던 거라면 당연히 사이즈도 작지 않을까?"

"혹시 몰라 집에서 입어 봤는데 거의 문제없었어요. 다만 가슴이 살짝, 조금…… 아니, 꽤 꼈지만요."

그렇게 말하며 시노미야는 에헤헤 하고 부끄러운 듯 웃었다. 단 몇 년 만에 끼다니 얼마나 성장한 거냐고 생각한 순간, 나는 사고를 멈추었다. 방금 그 이야기는 못 들은 걸로 하자. 아니, 초면인 사장님에게 적나라하게 할 말이 아니야.

"네 가슴은 훌륭하니까 무리도 아니지. 다만 사이즈가 맞지 않는 수영복을 입어서 가슴이 비어져 나오려는 것도 최고야……. 탓군도 그렇게 생각하지 않아?"

"제게 그런 걸 묻지 마세요?!"

사장님의 질문에 나도 모르게 힘차게 외쳤다. 사이즈가 맞지 않는 학교 수영복을 입은 시노미야의 모습을 보고 싶은지 아닌지를 묻는다면 답은 물론 전자지만, 그것을 솔직히 말할 만한 배짱은 없었다.

"내숭 떨기는! 남자에게 여자의 '가슴이 수영복에서 쏟아지겠어!'는 로망이잖아!"

내 어깨를 꽉 움켜잡으며 외쳤다. 쓸데없이 큰 성량에 고막과 함께 뇌가 흔들려 통증이 느껴졌지만 나도 온 힘을 다해 대꾸했다.

"에잇! 사장님이 야한 동인지를 너무 많이 읽은 거라고요! 처음 온 여자 손님 앞에서 그런 말을 하지 마세요!"

"난 예전부터 계속 이랬는걸? 더구나 경영도 순조롭지! 이걸 어쩌나!"

혀를 날름날름 내밀며 우스꽝스러운 얼굴로 아이처럼 도발하는 사장님. 그 얼굴에 오른쪽 스트레이트를 먹여 주고 싶은 충동에 사로잡혔지만, 그것은 쓴웃음을 흘리는 시노미야에게 가로막혔다.

"나 원 참. 이 건에 관해서 진득하게 토론을 나누고 싶지만…… 오늘은 너그럽게 봐줄게. 리노아, 잠깐 이쪽으로 와 볼래?"

"아니, 잠깐만요, 변태 사장님. 시노미야에게 무슨 짓을 하려는 거죠?"

이야기의 흐름을 타고 용케도 꼬셨다. 나는 즉각 시노미야를 등 뒤에 감싸듯 섰지만, 사장님은 진저리 치는 모습으로 한숨을 쉬며,

"무서운 표정 짓지 마. 준비한 경영 수영복을 리노아가 직접 골라 보라는 것뿐이니까."

"……앗, 그런 건가요?"

"시착도 해 볼 건데 그건 다른 사람에게 맡길 테니 안심해. 그러니까 리노아, 겁먹지 말고 이쪽으로 와."

오히려 불안밖에 느껴지지 않는다고 마음속으로 딴죽을 걸었지만 아무래도 시노미야는 사장님의 말에 안심한 모양이었다.

"알겠어요. 그럼 안노, 잠깐 다녀올게요."

"……조심해. 무슨 일 있으면 크게 소리 질러."

"나중에 본격적으로 얘기 나눠 보자, 탓군."

그렇게 웃으며 말을 남기고 사장님은 시노미야를 데리고 가게 안쪽으로 사라졌다. 드디어 조용해졌다며 한숨 돌리는데……

『다 너무 귀여워요~. 그런데 너무 대담하지 않나요?!』

『무슨 소리야, 리노아! 그게 경영 수영복의 장점 아니겠어? 자, 잔말 말고 다 입어 봐! 내가 추천하는 건——.』

그런 두 사람의 대화가 들려와 본격적으로 두통과 현기증이 느껴졌다. 가게 밖으로 도망치고 싶기는 했지만, 그랬다가는 사장님의 벼락이 떨어질 것이다. 얌전히 참을 수밖에 없었다.

"안 돼, 탓군. 자꾸 한숨 쉬면 복 나가."

"어? 벌써 끝났어요?"

생각보다 훨씬 빨리, 아니, 컵라면이 익기도 전인 것 같은데?

"그야 당연하지! 탓군을 혼자 누빈 가여워서 서둘러 돌아왔어!"

"……사실대로 말하세요."

"리노아가 내 추천을 듣기도 전에 시착을 시작해서 할일이 없어졌어."

이런 적은 처음이야, 라고 사장님은 쓴웃음을 지으며 말했다. 저세상 텐션의 소유자를 당황케 하다니 역시 시노미야다. 나는 익숙해지기까지 꽤 오랜 시간이 걸렸는데.

"그런데 정말 깜짝 놀랐어. 탓군이 유즈하 말고 다른 사람과 같이 가게에 오다니. 내일 눈이라도 내리는 거 아니야?"

"……어쩌다 보니 그렇게 된 거예요. 저도 설마 유즈하 씨 아닌 사람을 찍게 될 줄은 상상도 못 했어요."

적어도 앞으로 몇 년은 유즈하 씨의 전속 카메라맨으로서 지내게 될 줄 알았다. 그런데 반 친구와 비밀 촬영회를 하는 사이가 되다니.

"내가 보기에는 유즈하가 너무했어. 귀한 자식일수록 세상 경험을 시키라는데, 뭐가 불안한 걸까?"

"그건 제가 제일 궁금해요……. 불만은 없지만요."

모두가 찍고 싶다고 생각할 톱 코스플레이어와 개인 촬영을 할 수 있는 사람은 자신뿐이라는 것은 카메라맨으로서 더할 나위 없는 행복이다.

"그러니까 탓군한테 '유즈하 씨 말고 다른 사람이랑 촬영회를 하게 돼서 의상을 보러 갈게요'라는 연락이 왔을 때는 기뻤다니까. 그런데 데려온 사람이 유즈하에게 뒤지지 않게 귀여워서 좋아 죽겠어!"

꺄하하 웃으며 내 어깨를 팡팡 때리는 사장님. 나보다 훨씬 덩치가 좋으니 한 대, 한 대가 아프다.

"대체 무슨 수를 써서 그렇게 귀여운 애를 홀린 거야?! 그 얼굴과 스타일이라면 학교에서 인기 폭발일 텐데!"

"그야…… 학교에 팬클럽이 생길 정도로 인기 있기는 해요."

"그럼 더더욱 대체 무슨 농간을 부린 건지 궁금해지네. 설마 약점을 잡아서 협박한 건 아니겠지?"

"하하하……."

사장님이 눈을 가늘게 뜨고 노려봤기에 나는 나도 모르게 쓴웃음 지으며 시선을 피했다. 사실은 내가 약점을 잡혔다고는 말할 수 없었다.

"잠깐, 탓군?! 아무리 리노아가 귀엽다고 해도 협박하면 안 돼! 그건 야한 동인지의 세계라고!"

당황한 사장님이 내 어깨를 잡고 마구 흔들었다. 웬만한 놀이기구보다 어지러웠다.

"알아들었어, 탓군? 여차하면 같이 파출소에 갈 테니까 싹 다 털어놔!"

"이, 일단은 어깨에서 손을 떼고, 흔들지 마세요……."

더 흔들었다가는 멀미가 나서 토할 것 같았다. 하지만 나의 필사적인 호소도 폭주 열차로 변한 사장님에게는 닿지 않았다. 누가 좀 살려 줘.

"──안심하세요, 사장님. 저와 안노의 관계는 지극히 건전하니까요."

하마터면 존엄을 잃을 뻔하던 그때, 안쪽에서 시착을 마친 시노미야가 돌아왔다. 그 손에는 곱게 갠 한 벌의 수영복이 있었다.

"그렇죠, 안노? 우리 사이에는 켕길 게 하나도 없죠?"

"……네, 맞습니다요."

가련하게 싱긋 웃는 시노미야. 나는 고개를 끄덕였다. 결코 압력에 굴한 게 아니다.

"그러니 걱정하지 마세요. 아까 본 사진도 안노가 지시한 게 아니라 제가 무의식중에 벗은 결과거든요."

"그건 그것대로 앞으로 있을 촬영이 걱정되지만…… 뭐, 리노아가 괜찮다면 더는 토 달지 않을게. 하지만 무슨 일이 있으면 바로 얘기해야 한다?"

"일일이 챙겨 주셔서 감사합니다. 만약 안노에게 야한 짓을 당하면 바로 보고할게요."

"천지가 뒤집어져도 그럴 일은 없어……."

"리노아에게 매력이 없다는 거야?! 그렇게 상변태 같은 사진을 찍어 놓고 아무것도 못 느끼는 거냐고?! 그건 너무 무례하잖아!"

무슨 대답을 해도 혼쭐 나는 게 확정이라니 너무 불합리하다. 가령 흥분한다거나 덮치고 싶어진다고 말하면 그건 정말로 체포 안건이다.

"농담은 여기까지 하고. 리노아, 수영복은 정했어?"

"네. 다 귀여워서 고르기 어려웠지만 무사히 결정했어요. 시착도 하게 해 주셔서 감사합니다."

"아니야. 죄다 여름 신상 시제품이야. 마음에 드는 걸로 가져가! 하지만 그 대신, 촬영회가 끝나면 부탁할게."

사장님의 수상쩍은 윙크에 "네, 맡겨 주세요!"라고 웃으며 대답하는 시노미야. 내가 모르는 곳에서 밀담하지 마.

"잠깐만요, 사장님. 신상이라는 얘기는 못 들었는데요? 대체 시노미야에게 뭘 시키려는 거죠?!"

내가 사전에 전한 말은 의상을 보러 간다는 것까지였다. 그게 왜 신상 시제품을 양도하는 흐름으로 가는 거지?

"그야 미리 말했으면 탓군은 분명 거절했을 거 아냐! 가끔은 남의 선의를 받아들이도록 해!"

"그야 거절하죠! 유즈하 씨라면 모를까 시노미야는 완전한 아마추어라고요. 아무리 시노미야가 예쁘다고 해도 홍보 효과는 없을 거예요. 더구나 사진을 공개할 생각은 없어요."

"그러니까 내가 주는 건 시제품이라고 했잖아! 게다가 나도 리노아를 홍보 모델로 쓸 생각은 없어!"

그렇다면 시노미야에게 부탁할 일은 없지 않은가? 그런데 시노미야, 당신은 왜 얼굴이 빨개진 거죠?

"리노아에게 부탁하고 싶은 건 시제품 감상을 말해 주는 거야. 입고 촬영해 본 착용감이 어땠고 장단점은 뭔지 생생한 정보를 얻고 싶다고."

"앗, 시제품이라는 건 그런……."

"물론 나머지 수영복도 입어 줄 사람을 찾아서 같은 부탁을 할 생각이야."

사장님 왈. 시제품 수영복이 도착한 타이밍에 내게서 연락이 왔기에, 그렇다면 판매하는 물건이 아니니 넘겨주고 감상을 듣자는 생각이 바로 떠올랐다고 한다.

"그러니까 신경 쓰지 말고 가져가. 그게 마음에 들면 다음엔 우리 가게 상품을 사러 오고."

"……알겠어요, 감사합니다, 사장님."

"감상을 잘 정리해서 보낼게요!"

나와 시노미야는 나란히 서서 외모는 기발하지만, 마음씨는 고운 이 어른에게 머리를 숙였다. 이럴 때 나는 아직 미숙하다는 사실을 통감한다.

"그러니까 신경 쓰지 말래도. 그보다 리노아, 돌아가기 전에 한 가지 궁금한 게 있는데 물어봐도 될까?"

"네? 뭔데요?"

"리노아는 혹시 모델인 시노미야 아리스 동생이야?"

사장님이 태연하게 물어본 순간, 그때까지 온화한 미소를 짓던 시노미야의 얼굴에서 감정이 사라졌다. 동시에 가게 안의 공기도 단숨에 얼어붙어 나와 사장님은 무심결에 얼굴을 마주 보았다.

"……네. 시노미야 아리스가 저희 언니인 건 맞는데, 그게 왜요?"

차디찬 저음. 살기까지는 느껴지지 않았지만, 자칫 선택지를 잘못 골랐다가는 즉시 게임 오버가 될지도 모르는 날카로운 안광을 쏘고 있었다.

"아니, 몇 번 일을 같이한 적이 있거든. 분위기가 비슷한 데다 성도 같아서 혹시나 했어. 예쁜 동생이 있다는 말도 했었고."

"……그래요?"

벌레라도 씹은 표정으로 중얼거리는 시노미야. 기뻐서 쑥스러워하는 게 아니었다. 오히려 그 반대로 느껴졌다.

"다른 뜻은 없으니 안심해. 갑자기 이상한 질문을 해서 미안해."

"아니에요, 괜찮아요. 언니가 사장님과 아는 사이라니 조금 놀랐네요."

그렇게 말하며 시노미야는 웃었다. 감정도 돌아온 모양이라 일단 안심했다. 극도로 냉랭하던 방의 공기도 따뜻해졌다.

"그럼 사장님. 저희는 이만 가 볼게요."

"어머, 벌써 시간이 그렇게 됐나? 붙잡아 둬서 미안해. 사진과 감상을 기대할게."

"도와주셔서 감사합니다, 사장님. 감상은 보낼 테니 기다려 주세요."

마지막에 다시 한번 머리를 숙이고, 웃으며 손을 흔드는 사장님의 배웅을 받으며 우리는 '이모션'을 뒤로 했다.

*****

가게를 나섰을 때는 이미 해가 저물기 시작했다. 그렇게 오래 머무를 생각은 없었는데, 몇 벌이나 시착했으니 그럴 만도 하지.

이제 집으로 돌아가서 촬영회를 시작하면 끝날 무렵에는 밤이 깊을 것이다. 오늘은 이만 해산하는 게 좋을 듯했다. 그렇게 제안하려고 입을 열려는데,

"저기, 안노. 오늘 안노네에 가도 될까요?"

오히려 시노미야가 먼저 말을 꺼냈다.

"지금부터? 집에 와도 촬영은 못 할 거야."

현재 시각은 오후 5시 반이 지났다. 여기서부터 집까지 전철로 약 30분 거리이니 멀지는 않지만, 뭔가를 하다 보면 순식간에 밤이 될 것이다.

"그건 알아요. 오늘은 어떤 형태로 촬영할지 같이 고민해 보고 싶은데, 어때요?"

물론 그런 회의는 하는 게 좋다. 사전에 이미지를 공유하면 촬영 시간도 길게 확보할 수 있고 적절히 수정도 할 수 있다.

"그건 꼭 하면 좋겠지만…… 꼭 오늘이 아니어도 되지 않아?"

"쇠뿔도 단김에 빼라잖아요. 기껏 시착도 해 봤으니 빨리

이미지를 확정하고 싶어요."

"······일리 있는 말이네."

"그리고 시간은 신경 쓰지 마세요. 조금 늦어져도 문제는 없어요."

그렇게 말하며 시노미야는 어쩐지 쓸쓸한 표정으로 쓴웃음을 지었다. 언니에 대한 질문을 받았을 때의 반응도 그렇고 걱정이 되었지만, 이것도 '내가 모르는 나를 찍길 바라는 이유'와 마찬가지로 쉽사리 참견해도 될 화제는 아니었다.

"여차하면 내일도 휴일이니 안노네 집에서 자고 가도 되겠어요."

"당연히 안 되지! 기껏해야 같이 저녁을 먹는 것까지야!"

단둘이 쇼핑──게다가 산 물건이 촬영에 쓸 경영 수영복──하러 간 것을 들키기만 해도 블랙리스트에 등록될 텐데 우리 집에서 자고 갔다는 걸 들켰다가는 변명의 여지 없이 그 자리에서 즉시 처형될 것이다. 같이 저녁을 먹는 것도 비슷하기는 하지만.

"어쩔 수 없네요. 오늘은 저녁까지로 타협할게요. 제 깊은 도량에 감사하세요."

"깊은 도량은 무슨. 네 고집 때문에 머리가 지끈거리는데······."

"사나이라면 사소한 일은 신경 쓰지 마세요! 그런데 안노는 먹고 싶은 게 있나요?"

그 말을 듣고 생각해 봤지만 "저녁 뭐 먹고 싶어?"는 갑자기 받으면 곤란한 질문 순위 톱 3에 들어갈 정도로 바로 대답하기가 어렵다.

부모님이 일 때문에 해외로 간 1년 남짓. 물론 돈은 보내 주지만 기본적으로는 직접 해 먹으려고 노력한다. 하지만 공들인 요리는 못 하고 레퍼토리도 한정적이다.

"시노미야는 먹고 싶은 게 있어? 난 거기에 맞출게."

답변은 보류하고 질문에 질문으로 대답했다. 시노미야 는 손님이다. 손님이 좋아하는 음식을 제공하는 게 집주인 의 의무일 것이다. 잘 모르겠지만.

"실은 한 번 먹어 보고 싶은 음식이 있는데, 괜찮을까요?! 괜찮은 거죠?! 안노의 대답은 안 들을래요!"

"그러면 나한테는 뭐 하러 물어본 건데!"

이쯤 되면 고집이 세다든지 제멋대로라는 수준이 아니 다. 이것은 자기 의견이 반드시 통한다고 생각하는 독재자 의 사고다. 울든 소리치든 결과는 변하지 않는다. 정말 불 합리하다. 하지만 그걸 한숨 한 번으로 용서해 주고 싶어 지는 것이 시노미야 리노아라는 여자이기도 하다.

"저는, 정크 푸드를 먹어 보고 싶어요!"

"……응?"

갑자기 뭐라는 거야, 이 아가씨?

"지금까지 부모님이 몸에 안 좋다는 이유로 정크 푸드를 금지했어요. 그러니 이 기회에 먹어 보고 싶어요……!"

"그, 그렇구나……."

얼굴을 불쑥 들이대며 역설하는 시노미야의 압력에 밀려 나도 모르게 뒷걸음질 쳤다. 가까워지자 달콤한 향기가 은은하게 감돌았다고 가슴이 설렌 것은 아니다.

"하지만 안노가 꼭 직접 만든 요리를 고집한다면 이야기는 달라지죠. 참고로 제가 좋아하는 음식은 햄버그예요."

"내가 만든다는 전제냐?! 여기서는 만화처럼 '제가 만들어 줄게요!'라고 해야 할 것 같은데?!"

"남자가 주방에 들어가면 안 된다는 건 이제 시대착오적인 발상이에요, 안노! 지금은 맞벌이가 당연한 시대예요. 즉, 안노가 직접 요리를 한대도 이상하지 않다는 거죠!"

"끄으응……! 이럴 때만 쓸데없이 논리적이라니까……!"

내가 끙끙대자, 시노미야는 의기양양하게 가슴을 펴고 자신만만한 표정을 지었다. 그 얼굴이 천진하고 귀여워서 마음이 녹았다.

"하아…… 알았어. 그러면 오늘은 이대로 해산――."

"안노네 집에서 회의하고 정크 푸드로 저녁을 먹어요!"

슬프게도 내 주장은 묻혀버렸다. 그렇게 먹고 싶다면 방과 후에 친구랑 먹으러 가면 되지 않을까? 그렇게 묻자, 시노미야는 애수에 찬 미소를 지었다.

"친구, 요? 그렇군요……. 갈 수 있으면 좋겠지만 좀 어려워요."

"그래……? 시노미야가 한마디만 하면 다들 따라오는 거 아냐?"

평범하게 기뻐하며 신나게 오지 않을까? 팬클럽 회원들에게 말하면 한 방에 끝날 터였다. 단, 그 경우에 친위대를 포함한 회원들의 피를 피로 씻는 싸움이 발발할 것 같기는 하지만.

"확실히 주변 사람들은 모두 좋은 사람들이라 말하면 와 줄지도 모르지만, 그게 친구라고 부를 수 있느냐는 또 다른 이야기지요."

"……?"

점점 더 모르겠다. 매일 교실에서 즐겁게 이야기 나누는 반 애들은 시노미야에게 친구가 아니라는 소리일까?

"이런 말을 하면 상대에게 실례일지도 모르지만, 이야기를 나눈다고 해서 그게 곧 친구인 건 아니에요. 특히 상대의 진의가 훤히 보인다면 더더욱 그렇죠."

"……그런 뜻이로군."

"저는 이래 봬도 경계심이 강해서 사람을 쉽게 믿지 않는 차가운 여자랍니다. 환멸 나나요?"

그렇게 말하며 자조적으로 웃는 시노미야. 마치 자기 감각이 평범하지 않다고 생각하는 듯하지만, 전혀 특별할 게 없다고 생각한다.

"환멸 같은 거 안 해. 오히려 괜찮지 않아?"

"......네?"

내 대답이 상당히 의외였는지 시노미야는 그 자리에 멈춰 섰다. 그렇게 놀랄 일은 아니지 않냐며 마음속으로 쓴웃음 지으며 지론을 펼쳤다.

"너랑 마찬가지로 나도 친구라고 생각하는 사람은 아라타 정도밖에 없어. 사진을 찍는 것도 그 녀석한테만 말했고."

만약 여기에 그 친구가 있다면 "너는 원래 얘기 나누는 인간이 별로 없잖아"라며 태클을 걸 것 같지만, 지금은 없으니 무시하고 생각하지 않기로 했다.

"내 모습을 속속들이 이야기할 수 있을 정도로 신뢰할 수 있는 녀석은 쉽게 생기지 않지. 막말로 죽을 때까지 양손으로 꼽을 수 있을 정도면 되는 거 아니야?"

"후훗. 그 말이 맞는지도 모르겠네요. 안노도 가끔은 좋은 말을 하는군요."

한 마디가 쓸데없네, 라고 말하고 싶었지만, 사실이기에 꿀꺽 삼켰다. 시노미야에게 밝은 모습이 돌아온 걸 기뻐하며 복수하는 뜻으로 거만한 조언을 하기로 했다.

"말하자면 이런 거야. 지금부터라도 전혀 늦지 않았으니 한 명 정도는 친구라고 생각할 수 있는 사람을 만드는 거지. 그러면 정크 푸드도 마음껏 먹으러 갈 수 있어."

"그거라면 걱정하지 않아요. 방금 친구라고 부를 수 있는 사람이 생겼거든요. 앞으로는 그 사람과 함께 있는 시간을 늘리려고 해요."

"……혹시나 해서 물어보는데, 그 사람의 이름은?"

"후훗. 누구일 것 같나요? 한번 추리해 보세요. 답은 안 알려줄 거지만요!"

만면에 미소를 지으며 시노미야는 내 손을 잡고 달리기 시작했다. 놓치지 않도록 거세게 잡았기에 뿌리칠 수 없었다.

"그럼 가요, 안노! 빨리 가서 뭘 먹을지 회의해요!"

"회의는 촬영회에 대한 거거든?! 밥 먹는 게 메인이 아니고!"

"사소한 건 신경 쓰지 마세요! 집으로 레츠 고예요!"

인파를 무시하고 기세 좋게 달려가는 시노미야. 갑자기 달리면 위험하다거나 본래의 취지를 잊지 말라고 하고 싶은 마음은 굴뚝 같지만, 맞잡은 그녀의 손에서 전해지는 온기가 편안해서 나는 아무 말도 할 수 없었다.

그뿐만 아니라, 일순 이렇게 시노미야와 보내는 시간이 더 이어지길 바란다는 생각이 스쳐서 입가가 올라갔다.

이대로는 안 된다. 주도권을 빼앗지 않고서는 팬클럽 가입을 검토할 수준으로 늪에 빠질 자신이 있었다. 그렇게 돼서는 안 된다. 마음을 굳게 먹어라, 안노 타쿠미.

하지만 이런 결심이 무색하게 집에 도착한 뒤에도 시노미야의 페이스에 계속해서 말렸다. 촬영 이미지를 정하기 위해 갑자기 수영복으로 갈아입으려 하거나, 피자 파티를 하고 싶다며 전화를 걸려 하는 등 그야말로 난리법석이었다.

하지만 오랜만에 누군가와 떠들썩하게 먹는 저녁은 맛있어서 또 이렇게 함께——라는 생각이 든 것은 비밀이다.

제4화: 후드티와 경영 수영복

시노미야와 아키하바라에서 경영 수영복을 조달하고 회의하는 것까지는 좋았지만, 다음 날 촬영을 하지는 못했다.

회의도 했으니 촬영만 하면 됐지만, 당일 아침에 시노미야에게 '죄송합니다. 오늘은 어렵겠어요'라며 미안한 이모티콘과 함께 연락이 왔다. 물론 스튜디오를 빌린 것도, 합동 촬영을 하는 것도 아니기에 일정을 다시 잡는 것은 어려울 게 없다.

"야, 타쿠미. 방금 알아챈 걸 말해도 될까?"

마침내 월요일이 되었다. 교실에서는 이미 익숙한 풍경──시노미야 주위로 남녀 인파──을 멍하니 바라보며 아라타가 진지한 표정을 짓고 있었다.

"어차피 쓸데없는 소리겠지만 일단 들어줄게. 뭘 알아챘는데?"

"쓸데없다니?! 그런 소릴 하면 안 알려준다?!"

"그럼 안 알려줘도 돼."

"왜애애애?! 매정하게 굴지 말고 내 얘기를 들어줘!!"

거들먹거리며 거절하자 이런다. 아침부터 성가신 놈이다. 소리 치는 것도 모자라 어깨를 잡고 흔들기까지 했다.

"알았어! 알았다고. 들어줄 테니까 일단 진정해."

"그렇지? 듣고 싶지? 나 참, 처음부터 솔직하게 말하지!"

크하하 웃으며 찰싹찰싹 때리는 아라타에게 일순 살의와도 비슷한 감정을 느꼈다. 성가심에 박차를 가하는 데다 쓸데없이 힘이 세서 아팠다.

"내가 알아챈 게 뭔가 하면—— 시노미야의 미소야!"

"……갑자기 뭔 소리야?"

"그러니까 미소 말이야, 미소! 물론 지금까지도 가련하고 멋졌지. 하지만 어딘가 작위적이랄까, 마치 연기하는 것 같았거든."

"……그런데?"

"그런데 오늘의 시노미야는 좀 달라. 구체적으로 말하라고 하면 어렵지만…… 뭐랄까, 자연스럽다고 할까? 더욱 성녀다워졌다고 할까? 아무튼 매력이 배가되었어!"

역시 팬클럽 회원이라고 칭찬해야 할까, 관찰이 지나치다고 기겁해야 할까? 어느 쪽이든 아주 사소한 변화를 잘도 알아챘다. 나? 당연히 알아챘지. 하지만 배가되었다는 건 아무리 그래도 좀 과하다.

"지난 주말에 무슨 일이 있었을까? 서, 설마 좋아하는 사람 때문인가……? 호호호, 혹시 나나나남자 친구가 생긴 거 아냐……?!"

망가진 태엽 인형처럼 말이 제대로 나오지 않는 아라타. 미소에서 어색함이 사라졌을 뿐인데 왜 그런 답에 이르는지 정말 의문이다.

"타쿠미, 너는 어떻게 생각해?! 시노미야에게 남자 친구가 생긴 것 같아?!"

"왜 얘기가 그렇게 되냐? 그리고 목소리 좀 낮춰."

"여자에게 변화가 생기면 사랑에 빠졌다는 게 일반적이잖아! 잘 들어, 타쿠미. 이건 전대미문의 중대사야. 만약 정말로 시노미야의 교제 보도가 나오면 큰 혼란이 일 거라고!"

연애가 금지된 초인기 아이돌의 스캔들도 아니고, 일개 고등학생에 지나지 않는 시노미야에게 연인이 생긴 정도로 그런 소란이 일어나지는 않겠지. 아마, 분명, maybe.

"클럽 회원에게 전달해서 시급히 조사하지 않으면 늦을 거야! 타쿠미, 너도 협력해서——."

"오늘도 아침부터 즐거워 보이네요, 안노."

"······안녕, 시노미야. 나는 평소랑 똑같이 그냥 그런 아침인데?"

호랑이도 제 말 하면 온다더니. 시답지 않은 대화를 나누는데 시노미야가 온화한 미소를 지으며 다가왔다.

"그래요? 그런 것치고는 아주 유쾌한 이야기를 하는 것 같던데요? 그게······ 제게 연인이 생긴 게 아니냐고 했던 가요?"

얼굴은 웃고 있는데 눈은 웃지 않는 가장 무서운 표정을 짓자, 아까까지 거친 콧김을 내뿜던 아라타는 일어나서 등을 꼿꼿이 세우고 선서했다.

"안녕하세요, 시노미야! 신께 맹세코 저와 안노는 저열한 이야기는 하지 않았습니다! 안심하세요!"

"그럼 됐어요. 다만 이상한 소문이 퍼지기 전에 정정하게 해 주세요. 제게 연인은 생기지 않았답니다. 알겠죠, 쿠키?"

"네, 네에……! 잘 알겠습니다! 일부러 대답하러 와 주셔서 감사합니다, 공주님."

무례를 용서해 준 주인의 관대함에 깊게 고개를 숙이는 친구.

참고로 공주님은 시노미야 리노아 팬클럽에서 시노미야를 부르는 호칭이다. 정말로 본인에게 말하는 건 처음 들었다.

"알아주셔서 감사해요. 사이가 좋은 것도 좋지만 곧 홈룸 시간이 시작될 테니 자리로 돌아가는 게 좋을 거예요."

"네에에에엡! 그렇게 하겠습니다!!"

친구에게 작별 인사도 없이 아라타는 쏜살같이 자기 자리로 도망갔다. 그 뒷모습을 원망스레 노려보며 불온한 분위기를 온몸으로 내뿜는 옆 사람을 어떻게 대처할지 고민했다.

"정말이지. 아침부터 무슨 재미있는 이야기를 하나 했더니…… 조금 더 의미 있는 이야기를 할 수는 없나요?"

"하나만 말할게. 이 일에 관해서 나는 무죄야. 부정도 긍 정도 하지 않았어. 다 아라타가 혼자 말했을 뿐이야.”

　“확실하게 ‘그건 아니라고 생각하는데’라고 부정했다면 무죄 판결을 내렸겠지만, 아무 말도 없어서야 안 되죠. 완벽한 유죄예요.”

　“여전히 너무 부당해.”

　무거운 한숨을 쉬는 나를 보고 키득키득 웃는 시노미야. 더욱 성녀다워졌다니 거짓부렁이다. 내가 보기엔 꼬맹이 느낌에 박차가 가해졌다.

　본인에게 말하면 화를 낼 게 틀림없을 그런 생각을 하는데 가슴 주머니에 넣어 두었던 스마트폰이 부르르 진동했다. 아무래도 메시지가 온 모양인데 보낸 사람은 다름 아닌 시노미야. 굳이 왜 보냈나 싶어 내용을 확인했다.

　『점심시간에 아무에게도 들키지 않게 옥상으로 오세요.』

　라고 적혀 있었다. 나는 눈에 띄지 않는 인간이라 몰래 옥상에 갈 수 있지만, 복도를 걸으면 이내 둘러싸이는 인기인 시노미야는 어렵지 않을까?

　『저는 걱정하지 않아도 괜찮아요. 완벽한 작전을 생각해 뒀거든요.』

　속마음을 읽었는지 나의 불안을 해소하는 듯한 메시지

가 뒤이어 도착했다. 이 세상에 완벽한 것은 없고, 오히려 제 입으로 완벽하다고 할수록 어설픈 것이 국룰이다.

『알았어. 점심시간이 되면 옥상으로 뛰어갈게.』
『숨을 좋이 상자는 없으니 모쪼록 조심하세요.』

그렇게 답변이 온 것과 거의 동시에 문이 벌컥 열리며 미코 선생님이 누구보다도 씩씩하게 들어왔다. 나는 오전 수업 시간 동안 뱀의 이름을 가진 특수 공작원처럼 아무에게도 들키지 않고 옥상에 갈 경로를 생각해 보기로 했다.

*****

"많이 늦었네요, 안노."
"이래 봬도 서둘러 왔는데……."
점심시간. 머리를 굴린 결과, 주뼛거리는 것보다 당당한 게 오히려 덜 부자연스러울 것이라는 결론에 도달한 나는 아라타의 말을 무시하고 잽싸게 옥상으로 달려갔다. 사전에 세운 계획이 잘 풀릴 거라는 보증은 없었다.
"시노미야가 너무 빠른 거야. 아무도 없네. 대체 어떻게 눈에 띄지 않고 옥상까지 온 거야?"
주위를 둘러보았으나 우리 말고는 아무도 없었다. 시골

벅적함과는 거리가 먼, 사람을 떼치는 결계라도 쳤나 싶을 정도로 고요했다.

"후훗. 간단해요. 오전 마지막 수업이 뭐였는지 생각해 보세요."

"응? 오전 마지막 수업은 체육이잖아? 그게 왜?"

이제부터 일주일이 시작되는 우울한 월요일에 가혹한 운동을 강요하는 체육을 시간표에 넣는 것은 해도 될 짓이 아니다. 건전한 정신은 건전한 육체에 깃든다지만, 적어도 정신적으로 피로해지는 한 주의 중간에 배치해 주길 바랐다.

"체육 수업은 옷 갈아입는 시간도 있어서 일반 수업보다 빨리 끝나잖아요? 그걸 이용해서 해산 신호와 동시에 서둘러 탈의실로 갔어요."

그 뒤로는 말할 것까지도 없다. 종이 울리기 전에 옷을 다 갈아입고 교실로 돌아와 그 기세 그대로 가방을 들고 옥상까지 온 것이다. 그렇게까지 해서 시노미야는 점심시간에 뭘 하고 싶은 걸까?

"벽창호인 안노라면 왜 제가 이런 짓을 했는지 몰라서 궁금하겠지요."

"……나한테는 시노미야의 행동이 너무 수수께끼라 무서운데."

누가 벽창호라는 거야? 최소한 이해력이 부족하다고 표

현해 줘.

"이번에는 특별히 답을 알려드리죠. 바로—— 이거예요!"

"설마 그건……?!"

그렇게 말하며 가방 속에서 꺼낸 것은 귀여운 핑크빛 천에 감싸인 직사각형 상자. 이것은 혹시 유명한 도시 전설인——?

"맞아요. 제가 직접 만든 도시락이에요! 평소 신세가 많은 안노를 위해 만들었어요!"

나는 떨리는 손으로 머뭇머뭇 그것을 건네받았다. 이렇게 긴장한 것은 카메라를 들고 처음으로 코스프레 이벤트에 참가했을 때 이후로 처음이다. 내 인생에서 여자가 도시락을 싸 주는 날이 올 줄이야.

"고마워, 시노미야. 아침부터 만들기 힘들지 않았어?"

"정말 힘들었어요! 그렇게 말하고 싶지만, 거의 어젯밤에 만들어 둬서 담기만 하는 간단한 작업이었어요."

"그래도 만드는 수고가 들었을 텐데……. 혹시 촬영회 일정을 다시 잡은 건 이것 때문이야?"

"아니요, 그건 도시락과 관계없어요. 사정이 좀 있어서요……. 그보다 얼른 먹어요! 꾸물대다가는 점심시간이 끝날 거예요."

그 말을 듣고 시간을 확인하자 오후 수업 시작까지 10분 남짓 남아 있었다. 확실히 이렇게 느긋하게 수다를 떨다가는 점심도 못 먹고 후반전을 치러야 한다. 그것은 성장기 학생에게 너무나도 가혹하다.

"물론 제가 감사를 담아 만든 도시락을 안노가 먹고 싶지 않다면 이야기는 달라지겠지만요."

"아니, 아무도 먹고 싶지 않다는 말은 하지 않았는데?"

"기껏 아침 일찍 일어나서 열심히 만들었는데…… 안노는 너무해요."

얼굴을 양손으로 덮으며 훌쩍훌쩍 우는 척을 하는 시노미야. 손가락 사이로 힐끔힐끔 내 모습을 보고 있잖아.

"계속 장난치면 정말로 점심시간이 끝날 거야."

"음…… 안노, 리액션이 좀 담백하지 않나요? 조금 더 저와의 대화를 즐길 생각은 없어요?"

"이래 봬도 충분히 즐기고 있는데? 안 그랬으면 굳이 옥상까지 안 오지……."

밀회를 들키면 성가신 정도로는 끝나지 않는다. 그런데도 위험을 무릅쓰고 내가 이곳에 온 건 두말할 나위 없이 시노미야와 보내는 시간이 편안하기 때문이다. 거절한다는 선택지가 존재하지 않았던 것도 큰 이유 중 하나이기는 하지만.

"감사합니다. 저도 안노랑 이야기하는 게 좋아요."

"……그거 고맙네."

부드러운 미소를 지으며 말해 주었기에 묘하게 쑥스러

워진 나는 그것을 들키지 않도록 시선을 도시락통으로 옮기고 매듭을 푼 뒤 뚜껑을 열었다.

안에는 남학생이 좋아하는 반찬 순위에서 부동의 1위인 닭튀김과 달걀말이라는 최강 세트가 들어 있었다. 우엉조림도 곁들였다. 전날 준비해 두지 않고 이걸 만들기는 어렵다.

"잘 먹겠습니다."

"맛있게 드세요."

시노미야가 지켜보는 가운데 젓가락을 움직였다. 일단 누가 뭐래도 닭튀김이 먼저지. 간장과 생강이 잘 배어 있고, 식었지만 바삭한 식감이 살아 있었다. 이건 밥도둑이다.

"저기…… 입에 맞으세요?"

"…………."

달걀말이는 폭신한 식감에 달콤 짭짤해서 고급 요리점에 내어도 손색이 없을 것이다. 우엉조림은 얇게 채 썰었는데도 오독오독한 식감이 살아 있었다. 맛도 진해서 반찬으로 제격이었다.

"저, 저기…… 조용히 있지 말고 대답해 주세요. 간은 괜찮나요? 맛이 있나요?"

불안한 듯 묻는 시노미야. 아뿔싸, 먹는데 몰두하느라 대답하는 걸 까맣게 잊고 있었다.

"괜찮아. 다 아주 맛있어서 먹는 게 아까울 정도야."

"휴우…… 입에 맞아서 다행이에요. 아무 말도 없어서 불안했어요."

"미안. 맛도 맛이지만, 누군가 직접 만든 음식은 오랜만이라서. 조금 감동했어."

일 때문에 매일 바쁜 엄마의 음식을 마지막으로 먹은 게 언제였을까? 애초에 가족끼리 식사도 일 년은 하지 못했다. 올해 연말에는 집에 돌아오면 좋겠지만.

"정말이지, 호들갑이 과하네요. 저라도 괜찮다면 이제부터 매일 도시락을 싸 줄게요. 안노만 괜찮다면 말이에요……."

"음, 고맙지만 마음만 받을게. 그건 너무 귀찮게 하는 거 같아서 미안하고, 무엇보다 오늘 같은 밀회를 매일 하기는 어렵거든."

때마침 점심시간 전이 체육 수업이어서 다행이지, 다른 수업이었다면 이렇게 되지는 못했을 것이다. 오히려 복도를 쏜살같이 달려서 계단을 오르는 시노미야가 목격되면 120% 의심받을 것이다.

"듣고 보니 이대로 밀회를 계속하기는 불가능하겠네요. 하지만 안노, 이 문제를 한 방에 해결할 방법이 있다는 걸 알고 있나요?"

"응……? 그런 방법이 있다고?"

그것은 지구 온난화를 막는 기기 발명에 성공했다거나, 이 세상에서 다툼을 없앨 방법이 떠올랐다는 것과 비슷할

정도로 말도 안 되는 이야기다.

"안노는 안일하네요. 말도 안 된다는 건 말도 안 되죠. 즉, 밀회를 밀회가 아니게 하면 되는 거예요."

"묘하게 거들먹거리네. 밀회가 아니면 그냥 친목을 다지는 남녀의 점심시간이 되는데?"

"어머, 웬일로 이해가 빠르네요. 즉, 저와 안노가 사랑하는 사이라고 공표하면 되는 거죠!"

"좋은 아이디어인 것처럼 말하는데 미안하지만, 그랬다가는 이 학교에 시체 한 구가 나뒹굴게 될 거야."

그런 거짓말을 유포하는 날에는 내 자리는 물론이거니와 목숨이 사라질 것이다. 게다가 시노미야 리노아 친위대에게 장렬하고 끔찍한 고문을 받은 끝에 비참한 죽음을 맞이할 것이다.

"괜찮아요. 그때는 제가 꼭 지켜 줄게요. '저의 소중한 안노에게 지독한 짓을 하지 마세요!'라고요. 어때요?"

"어떻긴 뭐가 어때? 아침에 한 대화를 잊었어? 아라타조차 멋대로 망상을 펼치며 패닉 상태에 빠졌어. 그게 망상이 아니라 현실이 되면 어떻게 될지는 조금만 생각해 보면 알 수 있잖아?!"

"으음…… 묘수라고 생각했는데……. 도저히 안 될까요?"

"당연히 안 되지! 애초에 시노미야는 거짓말이라지만 좋아하지도 않는 남자랑 사귈 수 있어?"

내 목숨이 사라지는 건 일단 제쳐두고. 이 작전의 치명적인 부분은 여기에 있다. 친구라면 몰라도 그것을 뛰어넘어 남친과 여친 관계가 되는 건 아무래도 너무 비약적이다.

최애에게 품는 감정과 연애 감정은 다르다. 그렇게 가볍게 끝내도 될 것이 아니다. 개중에는 시험 삼아 사귀어 보겠다는 사람들도 있겠지만, 적어도 나는 불가능하다.

"저는 안노라면 괜찮아서 제안한 건데……. 그렇겠네요. 저 같은 건 안 되겠지요."

그렇게 말하며 슬픈 듯 어깨를 축 늘어뜨린 시노미야. 믿을 수 없는 반응에 나의 뇌가 일순 고장 났다. 당연히 늘 하는 장난인 줄 알았는데 혹시 진심으로 하는 말인가? 과열된 머리를 필사적으로 굴렸다.

"아아…… 아니, 딱히 시노미야가 안 된다는 게 아니야. 오히려 영광이고, 반대로 나라도 괜찮냐고 묻고 싶다니까……."

"…………."

내 변명에도 불구하고 시노미야는 여전히 고개를 떨구고 있었다. 더구나 어깨를 잘게 떨기 시작했다. 혹시 우는 건 아니겠지? 이럴 때는 뭐라고 말하면 좋을지 모르겠다.

"……후, 후후훗."

"시, 시노미야?"

어쩌면 좋을지 몰라 당황하고 있는데 갑자기 웃음소리

가 들렸다. 마치 한계까지 버텼던 둑이 무너진 듯이.

"후후훗. 농담이에요, 농담! 그렇게 진지하게 받아들이지 말아요."

"뭐……?"

"안노를 놀리고 싶어졌을 뿐이에요. 아무래도 매일 도시락을 싸기는 힘들고, 그것 때문에 거짓말을 하는 게 바람직하지 않다는 정도는 저도 알아요."

아하하, 하고 크게 웃으며 내 어깨를 탁탁 때리는 시노미야. 아무래도, 아니, 역시 나는 또 이 사이비 성녀님에게 놀아났던 모양이다.

"남자의 순정을 희롱하는 건 옳지 않아."

"그래서 이번엔 조금 반성하고 있어요. 설마 안노가 당황할 줄은 몰랐어요. 제가 연기에 재능이 있는 걸까요?"

"그건 뭐…… 있을 거야. 뛰어난 재능이."

그것은 방금 그 거짓 울음에 한한 이야기가 아니다. 촬영회의 시추에이션과 역할에 몰두했을 때의 시노미야는 대단했다. 그 순간에는 톱 코스플레이어 유즈하 씨마저 능가했다고 생각한다.

"감사합니다. 안노가 그렇게 말해 주니 자신감이 생기네요."

"그렇지만 이런 농담은 이제 하지 마. 심장에 너무 안좋아."

"약속은 못 하지만 노력하겠다고만 말해 둘게요."

그렇게 말하며 시노미야는 별이 빛나듯 찡긋 윙크했다. 귀여운 행동을 하면 뭐든 용서받는다고 생각하는 경향이 있으니 언젠가는 단단히 일러놓아야겠다. 다만 슬프게도 지금은 아직 그럴 때가 아니다.

"역시 안노와 이야기 나누는 건 즐거워요. 내일도 부탁해도 될까요?"

"나랑 대화하는 게 예약제도 아닌데 뭘. 딱히 상관없지만, 최소한 학교에 있을 때는 눈에 띄지 않게 조심하자."

옆자리이니 전혀 대화를 나누지 않는 건 오히려 부자연스럽지만, 그렇다고 해서 쉬는 시간에 큰 소리로 얘기하는 것도 괜한 시선을 끌어 친위대의 숙청 대상이 될 수 있다.

"굳이 방과 후까지 학교에 남는 것도 이상하지요. 앗, 그럼──."

"방과 후에는 안노네 집에 집합! 같은 소리를 하려는 건 아니겠지?"

"어떻게 알았죠?! 설마 제 마음을 읽었나요?!"

믿을 수 없다며 눈을 동그랗게 뜬 시노미야에게 모를 수가 있겠냐며 한숨 섞어 핀잔을 주었다.

"스스럼없이 이야기를 나누기에 안성맞춤인 곳이니까. 그렇다고 해서 언제든 오라고는 하지 않겠지만."

"음…… 어떻게 하면 허락해 줄 건데요?"

뺨을 잔뜩 부풀리며 토라진 시노미야. 본심을 말하자면 언제든 웰컴이긴 하지만 매일 뻔질나게 드나들면 이 사람 없이는 아무것도 못 하는 몸이 될 것 같아서 두렵다. 다만 복어처럼 귀여운 얼굴로 빤히 바라보는 것도 비슷하게 곤란하지만.

"차, 촬영 때 올 거잖아? 그럼 됐지."

"그 촬영을 위해 친목을 다질 필요가 있다고 생각하는데요?! 안 그런가요?!"

시노미야가 돌변해 몸을 확 들이댔다. 코끝이 붙을 정도의 지근거리는 위험하다. 여차하면 말랑말랑 풍만한 과실도 닿을 테니 이성에도 좋지 않다. 게다가 일부라지만 날것의 그것을 보고 있기에 쓸데없이 상상력이 발휘된다.

"아니면 어제 못했던 촬영을 오늘 할까요? 촬영용 수영복이라면 가져왔거든요!"

"왜 그걸 학교에 가져온 거야?!"

설마 처음부터 그럴 생각이었던 건 아니겠지?

"왜냐니요. 이번 시추에이션이 '방과 후, 신경 쓰이는 같은 반 남학생 집에서 다음 날 수영 수업 때 입을 수영복을 보여주는데……?'니까 그렇죠! 그 상황에 맞춰서 촬영한다면 준비해 두는 게 당연하지 않나요?"

끽소리도 할 수 없다는 말은 바로 이럴 때 쓰는 말이리라. 이 상황을 재현하려면 휴일, 심지어 오후가 지나서는 안 된다. 창문에서 비치는 석양을 받으며 부끄러운 듯 수영복을 보여주기. 내가 바라는 것은 그런 사진이다.

"아니면 안노는 찍고 싶지 않나요? 만약 그렇다면 도촬당한 걸 모두에게——."

"싫다고 한 적 없잖아?! 방과 후에 우리 집에서 촬영회를 하자! 오히려 찍게 해 줘. 부탁드립니다!"

"후훗. 처음부터 순순히 그렇게 말했으면 좋잖아요. 안노는 정말로 청개구리라니까요. 고치는 게 좋을 거예요."

"핫핫핫! 유감이네요! 저는 예전부터 생활기록부에 적힐 정도로 솔직하고 착하다는 말을 들었답니다! 청개구리라고 하는 사람은 시노미야뿐이에요!"

좋아하는 사람에게는 나도 모르게 짓궂게 굴고 싶어지는 초등학생은 아니다. 사사건건 장난치는 시노미야 잘못이다.

"그건 결국 제가 안노의 첫 상대가 되었다는 뜻이군요?"

"뭐지? 말 속에 뭔가 내포된 듯한 느낌은 기분 탓인가?"

"저의 처음을 안노가 가져갔으니 비겼네요……."

"그러니까 말이 이상하대도?! 그리고 얼굴을 붉히지 마! 진짜인 것 같잖아!"

누가 들어도 오해만 부를 테고, 그런 짓은 하지 않았다는 걸 알면서 뺨을 붉게 물들이고 주뼛거리면 나까지 부끄러워진다.

"저를 그렇게 한 책임은 꼭 지세요, 안노."

"……그래, 마음대로 해라."

어깨를 축 늘어뜨리며 내뱉은 나의 중얼거림은 점심시간의 끝을 알리는 종소리에 묻혀 사라졌다.

*****

"야, 타쿠미. 오늘 시간 있냐?"

모든 수업이 끝나고 문제의 시간이 찾아왔다. 동아리 활동을 하러 가는 사람. 교실에 남아 친구와 수다를 떠는 사람. 각자 알아서 시간을 보내는 가운데, 집에 갈 준비를 하던 내게 아라타가 신묘한 표정으로 다가와 말을 걸었다.

"하루 동안 이런저런 생각을 해 봤거든? 역시 나…… 시노미야가 신경 쓰여."

그렇게 말하며 힐끔 내 옆 책상에 눈길을 보내는 아라타. 참고로 그 시노미야는 종례가 끝나자마자 미소를 흩뿌리며 교실에서 나갔다. 아마 이미 학교 건물 안에는 없을 것이다. 어디로 갔는지는 말하지 않아도 알지만.

"오늘은 다들 오해를 부르는 말을 하는 날인가……?"

"차차차, 착각하지 마?! 딱히 시노미야를 좋아한다거나 고백하고 싶다는 건 아니거든?!"

왕년의 츤데레 히로인도 깜짝 놀랄 아라타의 변명에 나

는 무심코 쓴웃음을 지었다. 이렇게까지 전형적인 대사를 친구 놈의 입에서 직접 듣는 날이 올 줄이야.

"알아. 어차피 아침에 하던 이야기겠지."

"역시 내 친구야! 말이 잘 통해서 좋네!"

희색이 완연한 얼굴로 어깨를 탁 때리는 아라타. 흥이 오르면 때리는 버릇을 고쳤으면 좋겠다. 내 몸은 샌드백이 아니라고.

"팬클럽 회원들과 정말로 시노미야한테 좋아하는 사람이나 남친이 없는지 의논해 보려고 해. 회원은 아니지만 너는 옆자리니까 꼭 참여해 줘!"

"진심으로 하는 소리야? 본인이 부정했으니 의논이고 뭐고 할 필요 없잖아?"

"나야말로 진심으로 하는 소리냐고 묻고 싶네! 너는 주간지에 밀회를 들킨 아이돌의 '그 사람과는 그냥 친구예요'라는 변명을 곧이곧대로 믿어?! 아니잖아?!"

"그야 뭐…… 그렇지만……. 그렇다고 해서 시노미야가 부정하는데 무작정 파고드는 건 아니지 않아?"

비밀로 간직하고 싶은 일 한두 개쯤은 누구에게나 있는 법이다. 나는 카메라맨으로 활동 중인 것이 여기에 해당한다. 심지어 아라타 일당이 하려는 짓은 시노미야의 사생활을 파헤치려는 것이다. 결코 유쾌한 일이 아니다.

"팬이라면 때로는 지켜보는 것도 중요하다고 생각하는데."

"화, 확실히 일리 있는 말이지만…… 역시 궁금해——. 야, 어디 가, 타쿠미!"

집에 갈 준비가 끝났기에 일어나 가방을 어깨에 메고 교실을 나서려는 내 어깨를 아라타가 황급히 잡았다.

"미안해, 아라타. 오늘은 일이 있어. 어떤 결론이 나왔는지 내일 알려줘."

"잠깐, 기다려. 타쿠미! 네가 없으면 회의를 어떻게 해!"

간다, 하고 아라타를 돌아보며 교실을 나섰다. 등 뒤에서 친구의 비통한 절규가 들렸지만 싹 무시했다. 애초에 참가자 한 명이 없는 정도로 개최가 불투명한 모임은 하지를 마.

"하아…… 무섭네, 시노미야 리노아 팬클럽. 설마 미행하지는 않겠지?"

무거운 한숨을 쉬며 건물을 나섰다. 같은 반 친구를 의심하고 싶지는 않지만, 사생활을 침해하려 하는 걸 보면 범죄와 한 끗 차이인 짓을 하는 녀석이 나타난대도 이상하지 않다.

실제로 그랬다가는 퇴학 정도로 끝나지 않겠지만, 그렇게까지 해서 알고 싶은 매력이 시노미야에게는 있다.

"……나도 조심해야겠어."

지금은 그저 옆자리 남학생이라는 포지션이기에 조금도 의심을 사지 않고 있지만, 방심하면 즉사로 이어질 환경이기도 하다. 신중하게 행동해야 한다.

　그런 생각을 하며 하굣길에 올랐다. 학교에서 집까지 전철로 약 30분. 멀지도 가깝지도 않은 거리지만 환승할 필요가 없는 것은 감사할 따름이다.

『안노, 지금 어디예요? 저는 벌써 역에 도착했어요!』

　멍하니 흔들리는 전철 안에 있는데 스마트폰에 시노미야의 메시지가 왔다. 그녀가 어디에 도착했는지는 굳이 말할 것까지도 없겠지만, 현재 진행형으로 내가 가고 있는 곳이다.

『10분 정도면 도착할 테니 조금만 기다려.』
『알겠어요. 빨리 와요.』

　방과 후. 급히 일정을 잡은 두 번째 촬영회를 실시하게 되었는데. 여기서 문제는 옥상에서 나누었던 밀회와 마찬가지로 어떻게 들키지 않느냐였다.

　같이 하교하면 되지 않을까요? 라고 수업 중에 몰래 시노미야가 말했을 때는 이상한 목소리가 나오려 해서 의심받을 뻔했다.

　필담을 나눈 결과, 심플하게 따로따로 학교에서 나가 우리 집 근처 역에서 만나는 의견으로 결정되었다. 사실 이 방법 말고는 없다고 말하는 게 옳을 것이다.

내가 역에 도착하자마자 개찰구를 나서자 시노미야가 기다리고 있었고, 어찌 된 일인지 뺨을 부풀리며 다가왔다.

"늦었잖아요, 안노. 제 바로 다음 전철에 타라고 했잖아요. 대체 뭘 하고 있었던 거죠?!"

"이번 주는 청소 당번이어서 학교에서 늦게 나갈 거라고 말했잖아? 게다가 이래 봬도 상당히 서둘러서 온 거야."

입을 열자마자 추궁하는 시노미야에게 나는 마음속으로 좀 봐 달라고 투덜거리며 변명했다. 그리고 불평이라면 내가 아니라 집에 가려는 나를 막은 아라타에게 했으면 좋겠다. 이것만 아니었으면 두 개 앞 전철을 탈 수 있었을 것이다.

"역시 같이 올 걸 그랬어요. 안노를 기다리는 동안 혼자서 얼마나 힘들었다고요."

"힘들어? 그게 대체 무슨── 앗, 설마?!"

염려하던 일이 이미 일어난 건가? 머릿속에 경보가 울려 주위를 돌아보며 경계했다.

"왜 그러세요, 안노? 갑자기 두리번거리기 시작하고……. 귀신이라도 봤나요?"

"어떤 의미로 귀신 같은 것일지도 몰라. 그보다 뭐가 힘들었는지 가르쳐줄래?"

"아아…… 힘들었다는 건 말이죠, 안노와 헤어지고 합류하기까지 약 한 시간 동안 시간을 보내기가 힘들었다는 뜻이에요."

"……뭐야, 그런 거였어?"

큰일이라는 분위기를 풍겼기에 스토커가 나타난 줄 알고 조바심이 났지만, 단순히 시간을 때울 수단이 없었을 뿐이었나? 맥이 쭉 빠졌다.

"그 반응은 뭐죠? 계속 기다리는 입장이 되어 보세요! 멍~하니 기다리는 것도 고통스러운 일이라고요?!"

"그래, 알았어. 그건 대단히 죄송합니다. 무슨 일이 있는 줄 알고 조금이나마 걱정한 내가 바보였네."

놀라게 하지 마. 시노미야의 몸에 무슨 일이 생겼다면 혼자 보낸 걸 후회할 뻔했다.

"그렇군요……. 안노는 좋지 않은 상상을 한 거군요? 야한 책에 나오는 일이 일어난 줄 알았나요?"

"자, 쓸데없는 얘기는 그만하고 집에 갈까? 여유 부리다가는 순식간에 밤이 될 테니까!"

"안노는 무슨 상상을 한 건가요? 나중에 참고로 하고 싶으니 꼭 알려주세요!"

쓸데없이 눈을 반짝이며 옷소매를 마구 당기는 시노미야를 애써 무시하고 나는 집으로 걸어가기 시작했다. 내 망상을 들어서 뭘 참고한다는 걸까?

"왜 무시하세요? 혹시 제 얼굴을 볼 수 없을 정도로 야한 생각을 한 건가요? 안노는 변태 같은 면이 있군요!"

"그만 입 좀 다물래?! 나를 어떻게 생각하는 거야! 반 친구를 두고 그런 생각을 할 리가 없잖아!"

"네에……? 저의 흐트러진 모습을 몇 장이나 찍어 놓고 전혀 생각하지 않는 건가요? 혹시 매력이 없다는 뜻인가요? 그렇다면 여자로서 자신감이 없어지는데요."

풀이 죽어 어깨를 축 늘어뜨린 시노미야. 흡사 롤러코스터처럼 오르락내리락하는 텐션에 골치가 아팠다.

"괜찮아. 시노미야는 충분하고도 남을 정도로 매력적이니까. 굳이 말하게 하지 마."

얼굴이 뜨거웠다. 새삼 입 밖에 내니 부끄럽네. 시노미야의 얼굴을 똑바로 볼 수가 없었다. 들키지 않도록 걷는 속도를 높였다.

"에헤헤…… 감사해요. 그럼 오늘은 대박 사진을 찍을 수 있게 노력할게요!"

내 앞으로 총총 뛰어온 시노미야가 빙글, 돌며 엄청난 미소를 지었다. 나는 바보다. 왜 스마트폰을 손에 들고 있지 않은 거냐. 이 순간을 영원한 기록으로 남기지 못해 분노하며 잊지 않도록 머릿속에 열심히 새겼다.

"안노? 왜 멍하니 있어요?"

내가 매료되어 있으려니 시노미야가 불쑥 거리를 좁혀

내 얼굴을 밑에서 엿보았다. 그 치뜬 눈의 파괴력에 심박수가 상승했다.

"아, 아무것도 아니야! 자, 얼른 가자!"

"앗! 혹시 제 미소에 반했나요? 부끄러운 거예요? 어때요?!"

기껏 느낀 감동을 와장창 깨는 시노미야의 건방진 꼬마 모드. 길에서 더 떠들다가는 이웃에게 민폐를 끼치고 소문이 날 테니 최선을 다해 뛰어서 도망쳤다.

"잠깐만요! 두고 가지 마세요!"

너무해요, 라는 시노미야의 웃음 섞인 한탄을 등 뒤로 들으며 즐겁게 집으로 돌아갔다.

*****

"그러면 시노미야. 옷을 갈아입기 전에 오늘 촬영 리허설을 할까?"

방문도 세 번째이다 보니 긴장하지도 않고 거실에서 쉬며 촬영 전 마지막 회의를 했다.

"오늘 시추에이션은 '방과 후, 신경 쓰이는 같은 반 남학생 집에서 다음 날 수영 수업 때 입을 수영복을 보여주는데……?' 맞지?"

"네. 교복 밑에 수영복을 입고 있어서 벗으며 남학생을 설레게 하는 이미지예요."

"장소는 또 우리 집으로 하면 되고. 교복을 벗고 경영 수영복 사진을 찍은 다음에는 어떻게 할까?"

"글쎄요……. 욕실을 빌려서 샤워하는 건 어떨까요? 소재의 질감도 느껴져서 좋지 않나요?"

나쁘지 않다. 오늘은 어디까지나 시노미야가 우에즈 사장님에게 양도받은 시제품. 착용한 상태로 물에 젖었을 때 어떻게 찍힐지 확인하는 의미로도 샤워는 괜찮은 의견이다. 시제품이기에 비치지는 않을지 불안하지만.

"게다가 수영복을 입고 탕에 들어간다는 게 배덕감이랄지, 왠지 야한 냄새가 나지 않나요? 분명히 무슨 일이 일어날 거예요!"

"사춘기 남자도 아니니 망상하며 거친 콧김을 내뿜지 말아 주라. 그런 말을 하면 채택하고 싶어도 할 수가 없단 말이야."

아직 보지 못한 자신을 보고 싶다는 것치고는 그쪽 방면으로 사고가 너무 편향된 것 같지만, 자신을 드러낸다는 의미로는 이치에 맞는 것도 같으니 함께 어울리는 입장으로서는 곤란했다.

"농담은 그 정도로 하고. 집에서 촬영이 끝나면 샤워하는 사진도 찍자. 달리 원하는 거 있어?"

"글쎄요……. 벗었으면 옷을 입어야 하니 옷 갈아입는

모습을 찍는 건요? 문득으로 몰래 찍는 이미지예요."

"……진심으로 하는 소리야?"

"진심이 아니면 제안하지 않아요. 슬슬 안노도 도촬하고 싶지 않나요?"

그렇게 말하며 씩 웃는 시노미야. 마지막 말만을 잘라내면 내가 상당히 위험한 성적 취향을 가진 사람으로 오해를 부를 수 있으니 그러지 않았으면 좋겠다.

"나는 딱히 도촬을 좋아하는 게 아니야."

"어머, 그래요?"

믿을 수 없다는 듯 시노미야가 의혹의 시선을 보냈다. 단 한 번의 실수를 범했을 뿐인데 성적 취향이 그런 것처럼 말하다니 유감이다.

"그렇습니다. 그건 정말로 때마침, 우연히, 한때의 충동이었거든요."

"정말이지 안노는 장난꾸러기네요. 도촬이 하고 싶으면 언제든 몰래 찍어도 돼요."

"그건 도촬이라고 하지 않는 것 같은데. 그런 얘기는 됐어. 다음엔 지난번의 반성을 바탕으로 조심해야 하는데…… 기억나?"

"음…… 뭐였죠?"

멍한 시노미야는 고개를 갸웃거렸기에 단숨에 불안해졌다. 입학부터 현재에 이르기까지 학년 수석의 자리에 내내

군림할 정도의 두뇌를 가졌는데 불과 얼마 전에 한 말을 잊어버리다니.

"뭘 조심해야 하는지 가르쳐 주세요, 안노."

"하아…… 그러니까 그거야. 지난번처럼 그 자리의 텐션에 휘말리지 말자고."

"어머나? 그런 일이 있었던가요?"

머리가 지끈거렸다. 이 사람은 알면서도 시치미를 떼고 있다. 알고 있다면 제 입으로 말해 주면 좋겠다.

"후훗, 농담이에요. 알고 있어요. 갑자기 옷을 다 벗는 게 아니라 서서히 살을 드러내는 거죠?"

"……정답입니다."

요전번에는 시노미야의 텐션과 그 자리의 분위기에 맡겨 두었다. 덕분에 좋은 사진은 찍었지만, 예상보다 과격한 촬영회가 되고 말았다.

"이번에는 안에 수영복을 입었다지만 애태우듯 벗는 걸 염두에 뒀으면 해. 그편이 시추에이션 속의 남자도 가슴이 뛸 테니까."

"그렇군요. 결국 안노는 애태우는 플레이를 좋아한다는 거군요? 후훗. 솔직히 말할게요. 저도 놀리고 애태워서 안노가 몸부림치는 모습을 보는 게 좋아요!"

"그런 뜻이 아니야! 그리고 말해 두겠는데, 여자가 눈앞에서 옷을 벗고 안에 입은 수영복을 보여주는 시추에이션을 싫어하는 남자는 이 세상에 없어!"

이의는 인정하지 않겠다. 그 상대가 시노미야처럼 모두가 동경하는 절세 미녀라면 더더욱 그렇다. 솔직히 촬영회가 아니었다면 눈을 깜빡일 새도 없이 이성이 날아갈 자신이 있다.

"그러면 여기서 한 가지 중요한 정보를 안노에게 알려줄게요. 실은…… 오늘이 제가 고등학생이 된 뒤로 처음 선보이는 수영복 차림이에요."

"아, 그래?"

작년 여름에 누군가와 수영장이나 바다에 가지 않았을까, 하고 생각했을 때 신뢰할 만한 친구가 없다고 말했던 생각이 났다. 참고로 우리 학교에 수영장 수업은 없어서 시노미야의 학교 수영복 차림을 볼 수 있는 녀석은 존재하지 않는다.

그런 나의 사고를 읽었는지 시노미야는 테이블에서 몸을 내밀어 얼굴을 들이대더니,

"제 수영복 차림을 볼 수 있는 건 안노뿐이에요."

특별해요, 라는 달콤한 음성 속에 아주 약간의 쑥스러움을 토핑한 목소리로 속삭였다. 쿵쾅, 하고 심장이 크게 뛰었다.

"후훗. 그럼 저는 욕실로 가서 옷을 갈아입고 올게요. 안노는 촬영 준비를 해 두세요."

"아, 응…… 알았어."

"문은 조금 열어 둘 건데 엿보면 안 됩니다. 절대로 엿보지 마세요."

"그런 취미는 없다니까! 얼른 갈아입으러 다녀와!"

밀지 마, 밀지 마, 라고 하는 건 사실 밀라는 뜻인 개그도 아니고. 보고 싶지 않고 찍고 싶지 않다면 거짓말이겠지만, 실행으로 옮긴 시점에 파멸할 것을 아는 짓을 할 리 없다. 나는 깊은 한숨을 쉬며 꺅꺅 우후훗 콩콩 뛰어 욕실로 가는 시노미야를 바라보았다.

"하아…… 나도 준비할까?"

창문으로 쏟아지는 석양을 등졌기에 이번에는 역광 촬영이다. 세밀한 조정은 촬영하면서 실시간으로 하더라도, 최소한의 설정은 해 둘 필요가 있었다.

아빠에게 낡은 카메라를 받아 촬영을 막 시작했을 무렵에는 전문용어를 몰라서 고생했다. 광량이나 보케*의 정도를 제어하는 F값, 렌즈의 초점 거리, 피사체와의 촬영 거리, 그 모든 요소가 어우러져 결정되는 피사계 심도 etc…….

아무튼 처음에는 의미를 몰라서 오락가락했지만, 여기까지 올 수 있었던 것은 많은 걸 가르쳐준 아빠와 기꺼이 촬영하게 해 준 엄마 덕분이다. 그게 아니었으면 유즈하 씨의 전속 카메라맨도 될 수 없었을 것이고, 시노미야와

---

*이미지의 아웃 포커스 부분에 블러 효과를 주는 표현 방법.

집에서 촬영회를 하는 관계도 되지 못했을 것이다.

"돌아오면 고맙다고 해야겠다…… 아니, 그 전에 부모님이 없을 때 같은 반 여자를 집에 데려온 일을 사죄해야 하나?"

불순한 이성 교제 같은 짓은 하지 않았고, 부부의 침실에는 들여보내지 않았으니 혼날 만한 일은 없다고 생각하고 싶다.

"가끔은 전화해 보는 것도 좋겠네. 슬슬 목소리도 듣고 싶고, 뭐 하고 지내는지도 궁금하고."

내가 외로움을 많이 탄다고는 생각하지 않지만, 쓸데없이 넓은 집에서 혼자 생활하다 보니 정신적으로 힘들어질 때가 있는 것도 사실이었다. 진심으로 반려동물을 기를지 고민하기도 했지만, 혼자 돌볼 자신도 없거니와 돈도 들기에 단념한 기억이 새록새록 났다. 그래서 시노미야와 집에서 보내는 시간은 시끌벅적하지만 편안했다──.

"……큰일이네. 여러 가지로, 정말……."

"뭐가 큰일인데요, 안노?"

설정하며 멍하니 있는데 갑자기 등 뒤에서 목소리가 들렸다. 황급히 돌아보자 그곳에는 시노미야가 웃으며 서 있었다. 게다가 왜인지 교복이 아니라 긴 후드티 차림이었다. 치마는 입고 있지 않기에 만약 아래에 수영복을 입고 있단 걸 몰랐다면 뇌가 끓어올랐을 것이다.

"저기, 시노미야? 그 옷은 뭐야?"

"이거요? 물론 수영복과 함께 집에서 가져왔죠. 그게 왜요?"

"일부러 사복도 가져온 거냐! 그보다 가방 안에 용케 넣었네……."

"모르세요, 안노? 이 세상에는 압축팩이라는 편리한 제품이 있답니다."

그런 것까지 준비해서 학교에 가져왔다는 건 처음부터 오늘 촬영할 마음이었다는 건가? 그렇다면 미리 말을 해주면 좋았을 것을. 시노미야라면 나를 놀라게 하고 싶어서 입 다물고 있었겠지만.

"그건 그렇고 안노. 카메라를 든 채 멍하니 있던데 무슨 생각을 한 거예요?"

"으, 응?! 따, 딱히 이상한 생각은 전혀 안 했어?!"

갑자기 화제가 바뀌어 내 입에서 괴상하고 뒤집어진 목소리가 나왔다.

"저는 아무 말도 안 했는데요. 설마 제가 옷을 갈아입는 모습을 망상이라도 했나요? 안노는 정말로 변태네요. 그런 생각을 할 정도라면 그냥 욕실에 오면 될 텐데."

으흐흐, 하고 웃으며 부추기는 시노미야. 가령 내가 변태라면 시노미야는 치녀인데 괜찮을까? 그렇게 옷 갈아입는 모습을 보여주고 싶다면 정말로 엿보러 갈 거라고 마음

속으로 오히려 화를 냈다.

"안노는 정말 놀리는 재미가 있다니까요. 이대로 같이 있으면 놀리기 고수가 될 것 같아요."

"마침 자리도 옆이라 아주 딱이네, 어휴……."

시노미야의 말에 반사적으로 딴죽을 거는 것도 놀림당하는 원인이 된 것 같지만, 멈출 수 없는 건 나도 싫지 않기 때문이다.

"후훗. 슬슬 진지하게 화낼 것 같으니 놀리는 건 이쯤 할게요. 만약 부모님께서 돌아오시면 알려주세요. 제대로 인사드리고 싶거든요."

"그건 신경 쓰지 않아도 돼……. 그보다 이제 와서 우리 부모님 얘기가 왜 나오는데?"

"그야 물론 안노가 '슬슬 목소리도 듣고 싶고'라고 중얼거린 걸 들었으니까요. 앗, 혹시 몰래 저랑 촬영회를 해서 혼날 것 같으면 말해 주세요. 저도 사정을 설명할 테니까요!"

"어디서부터 내 혼잣말을 들었는지 추궁하고 싶은 마음은 굴뚝 같지만 보류할게. 그리고 내 부모님께 뭐라고 설명할 생각이지?"

"당연히 있는 그대로 말씀드려야죠. 예를 들면…… '안노가 음란한 모습을 찍었지만, 결코 이상한 일은 하지 않았으니 안심하세요!'라고요?"

틀린 말은 아니라는 점이 너무 열 받는다. 나무를 숨기려면 숲속이듯 진실 속에 교묘하게 거짓을 섞었다고나 할까? 어폐이기만 한 설명문에 현기증이 났다.

"알았어. 네게는 돌아온 걸 절대로 안 알려줄 거고 소개도 안 할 거야. 일 때문에 다시 집을 비울 때까지 우리 집에는 안 부를 거고."

"그렇게 잔인하게 말하지 마세요! 그사이에 촬영회는 어떻게 하고요?!"

"그건…… 그때 가서 생각해야지."

그때까지 이 관계가 지속된다면 그때 생각하면 된다고 목에서 나오려던 말을 직전에 삼켰다. 바라건대 이대로 변치 않기를 원한다는 말은 입이 찢어져도 못 한다.

"이 얘기는 여기까지! 시간이 별로 없으니까, 촬영을 시작하자!"

주절주절 말이 많아서 시각은 오후 5시가 지나 있었다. 서두르지 않으면 해가 저물어 시추에이션대로 찍을 수 없다.

"아쉽지만 그럴까요? 안노를 너무 놀려서 또 일정을 다시 잡게 되면 안 되니까요."

"자칫하면 또 그러게 생겼지만……."

콧노래를 흥얼거리며 내 방으로 향하는 시노미야를 한숨 쉬며 뒤쫓았다. 아주 잠시라도 좋으니 학교에서처럼 얌전한 느낌을 집에서도 내줬으면 좋겠지만, 천진난만하게

들떠 귀여운 시노미야를 독점할 수 있다고 생각하면 플러
스마이너스 제로인가?

"방에 도착했는데, 일단은 어디에 서면 될까요?"

"글쎄…… 그럼 책상 앞에 서 줄래?"

수영복이 메인이기는 하지만 일단은 후드티 차림을 남
자에게 보여주는 그림부터 시작하겠다. 이른바 점프하기
전의 도움닫기다.

여기서 필요한 건 여자의 천진난만한 미소다. 즐겁게,
마치 패션쇼처럼 포즈를 잡는 시노미야. 정면, 측면, 후면
을 다양한 각도에서 촬영했다.

"응. 완벽해. 그러면 다음은 침대 끝에 앉을까?"

알겠어요, 라고 웃으며 말한 뒤 시노미야는 털썩 침대에
앉았다.

여기서부터는 이 방의 주인인 남자에게 수영복을 보여
줄 타이밍을 엿보는 느낌의 그림을 찍는다. 처음에는 힐끗
힐끗 보는 남자를 도발하며 재미있어하지만, 아무 짓도 하
지 않자 서서히 답답해져서 끝내는 실력 행사에 나서는 이
미지다.

시노미야에게 그것을 전달하자 웃으며 고개를 끄덕인
뒤 바로 포즈를 잡았다.

안짱다리 모양으로 살짝 다리를 벌리고 그사이에 대수
롭지 않게 양손을 넣어 끼우고는 빙긋 웃는 시노미야. 어

깨 힘이 빠져서 자세와 표정 모두 자연스러웠다.

찰칵, 하고 셔터 소리가 울려 퍼졌다. 각도를 바꾸며 몇 장을 더 촬영했다. 침묵하는 시간이 이어지면 시노미야가 폭주할지도 모르기에 말을 걸었다.

"그러면 다음은 침대에 완전히 올라가서 무릎을 안고 앉아 볼래?"

"알겠어요. 이렇게요?"

상체를 약간 구부렸기에 후드티 자락이 짧아져 두 다리 사이에서 경영 수영복의 비키니 라인이 슬쩍 엿보였다. 그리고 느리게나마 시노미야의 뺨에 붉은빛이 감돌기 시작했다.

"이런 포즈는 어떤가요?"

아직 아무 말도 하지 않았는데 시노미야는 직접 양손으로 뒤를 짚고 다리를 크게 벌려, 이른바 M사 다리 자세를 취했다.

"사진에서 봤는데…… 어때요?"

"으, 응! 아주 좋아!"

갑작스러운 포즈 변화에 아까보다 분명하게 V라인이 보이는 탓에 동요해 목소리가 뒤집어졌다. 마른침을 꿀꺽 삼키고 싶은 것을 강철 같은 의지로 참으며 나는 셔터를 눌렀다.

"……이건요?"

등을 벽에 기대고 두 다리를 나란히 느리게 들어 올렸다. 그 덕분에 비부에 수영복이 파고든 모습이 강조되어 옷을 입고 있는 게 더 선정적으로 느껴졌다.

시노미야의 스위치가 완전히 켜졌다. 너무 나아가지 않게 고삐를 잡아야하지만, 이렇게 되면 무슨 말을 해도 그녀의 귀에는 들리지 않을 것이다. 차라리 내가 마음의 스위치를 끄고 지시하는 것 외에는 무심히 셔터를 누르는 기계가 되자.

"좋아. 다리는 일단 내리고 수영복 촬영을 할까? 우선은……."

"알고 있어요……."

다리를 다시 M자로 되돌리며 뜨거운 목소리로 대답하더니 시노미야는 어딘가 부끄러운 듯 카메라에서 얼굴을 돌리고 후드티 자락을 꽉 쥐고는 천천히 걷어 올렸다.

"스톱. 시선은 여기로."

"……윽. 알겠어요."

후드티가 가슴까지 올라갔을 때 신호를 보냈다.

신경 쓰이는 남자의 시선을 독점하기 위해 조금씩 옷을 벗으며 애태우는 여자는 빤히 바라보는 시선을 받는 상황에 흥분과 수치심이 뒤섞인 흐물흐물한 얼굴이 되었다.

"표정이 아주 좋아, 시노미야."

"저, 정말요?"

"그래, 무서우리만큼 매력적이야."

계약한 일이기에 파인더 너머로 바라보지 않았다면 달콤한 분위기에 몸을 맡기고 쓰러뜨렸을지도 모르겠다. 하지만 본격적인 시작은 지금부터였다.

"시노미야, 슬슬 다음으로 넘어갈까? 일어나 볼래?"

"네, 네에⋯⋯."

느릿느릿 일어나는 시노미야의 손을 잡고 빙글 회전시켜 등을 지게 한 뒤 카메라를 잡고 거리를 두었다. 내 의도를 간파했는지 시노미야는 후드티를 허리까지 올린 채 벗는 손을 멈추었다.

"아주 좋아, 시노미야."

지난번 촬영회에서는 기록하지 못했던 시노미야의 매혹적인 엉덩이가 훤히 드러났다. 두 개의 커다란 과일과는 또 다르게 사람을 홀리는 매력이 있어 나도 모르게 줌을 해 찍었다.

『타쿠미. 너는 가슴파냐? 아니면 엉덩이파? 어느 쪽인지 알려줘!』

그런 아라타의 목소리가 들리는 것 같았지만, 시노미야의 그것을 보니 하나를 고를 수 없었다. 둘 다 평등하게 깨물고 싶었다.

"다음은 정면에서 찍을 거니까 시선을 앞으로. 후드티를 살짝만—— 응, 좋아."

이심전심. 왼손으로 옷자락 한가운데 부근을 들어 올리며 V자 부분을 정확히 노출한 채 오른손은 비부 근처에 두었다.

내가 찍고 싶은 그림을 구두로 설명하기도 전에 형태로 구현하는 시노미야. 몇 번이나 촬영했던 유즈하 씨라면 몰라도, 겨우 두 번의 촬영으로 이게 가능하다니. 나의 텐션이 오르는 걸 알 수 있었다.

"어, 어떤가요, 안노?"

얼굴을 새빨갛게 물들이며 떨리는 목소리로 시노미야가 물었다. 아뿔싸, 찍는 데 몰두하느라 말을 거는 걸 깜빡했다.

"최고의 사진이 나오고 있어. 그럼 벗을까?"

"아, 알겠어요…….

가녀린 목소리로 말한 뒤 시노미야는 양손을 교차시켜 후드티를 천천히 걷어 올렸다. 이번에는 가슴까지 올린 채 멈춰서 정면, 측면으로 각도를 바꿔가며 셔터를 눌렀다. 마지막에는 기세 좋게 벗어던져——.

"……."

경영 수영복을 입은 시노미야를 본 순간, 나는 말을 잃었다. 동시에 대체 뭘 준 거냐며 속으로 사장님에게 화를 내면서 무한히 감사했다.

시노미야가 우에즈 사장님에게 받은 시제품 경영 수영복의 색깔은 흰색. 디자인은 노 슬리브에 적당한 투명감과 광택감이 있는 고급 원단이 사용되었다.

목 부근과 몸통에는 지퍼가 달린 형태였고, 몸에 딱 붙어 보디 라인을 조이는 효과도 있어 시노미야의 아름다움이 보정되었다.

뒷모습도 산뜻하고 멋졌으며, 잘록함과 아까 매료되었던 힙 라인도 강조되어 섹시함도 격이 달랐다.

하지만 이 수영복의 가장 큰 특징은 뭐니 뭐니 해도 대담하게 뚫린 가슴 부분일 것이다. 흡사 프린세스 커팅된 보석처럼 시노미야의 두 언덕의 매력을 몇 단계 위로 밀어 올리는 효과를 초래했다.

조금이라도 지퍼를 내리면 풍만한 그것이 쏟아져 나오지 않을까? 그 기적의 순간을 담고 싶은 것을 마른침과 함께 삼키며 나는 몰두해 촬영을 이어갔다.

나의 텐션이 최고조에 다다른 것과 마찬가지로 시노미야도 흥분해서 지시하지 않아도 찍히고 싶은 포즈를 컷마다 펼쳐 보였다. 이것이 고작 두 번째 촬영이라고는 생각할 수 없었다.

"저기…… 조금 더 다가와서 찍어 줄래요?"

뜨거운 목소리로 시노미야가 요청했다. 나는 고개를 끄

덕이고 카메라를 든 채 한 발, 두 발 다가갔다. 그에 맞추어 내게 보여주듯 가슴의 지퍼에 손을 댔다.

"보고 싶죠?"

지이익, 하고 금속이 마찰하는 소리가 고요한 방에 울려 퍼졌다. 천천히 지퍼가 내려갔고 오랜 봉인에서 마침내 해방되어 환희에 떨듯이 시노미야의 두 언덕이 출렁거렸다.

"더 가까이에서 보여줄게요."

그렇게 말하며 네 발로 엎드린 시노미야가 기어 왔다. 오동통한 벚꽃 빛 입술과 양팔 사이에 눌려 크기와 부드러움이 강조된 계곡을 위에서 본 그림이 액정 모니터에 비쳤다. 눈 밑으로 자르기만 해도 음란함이 급격히 증가한다.

"이런 식으로 하면…… 어떨까요?"

몸을 일으켜 한쪽 무릎을 세우고 다리를 벌려 앉으며 시노미야는 수영복의 가슴 부분을 슥 열었다. 그러는 바람에 고혹적인 과실이 더욱 노출되어 그 언덕에 여문 체리가 보일 것 같았다.

"…………."

눈동자는 젖었고, 시노미야의 입가에 요염한 미소가 새겨졌다. 내 눈앞에 있는 것은 이성을 빼앗고 정기를 쏙 빨아들여 천상의 행복을 품게 하며 남자의 목숨을 빼앗는 서큐버스다.

"아직 부족한 것 같네요. 그렇다면……."

요염하게 웃으며 시노미야의 손이 비부로 뻗었다. 그리고 혀를 날름 내밀며 달콤한 꿀을 쏟아내는 그곳에 유혹하듯 살며시 수영복을 띄웠다.

무슨 생각을 하는 거냐고 외치며 말리라고 호소하는 이성과 아무도 만진 적 없을 은밀한 보물로 유혹하는 모습을 망설임 없이 촬영하라고 호소하는 본능이 격투를 펼친 결과. 후자의 손이 올라갔다.

나는 무심히 다양한 앵글에서 반 친구를 촬영했다.

"후우…… 좋았어. 수고했어, 시노미야. 방에서 촬영은 이쯤 하고 쉰 다음에 욕실로 이동할까?"

몸속에서 마그마처럼 타오르는 것을 심호흡과 함께 모두 토해내며 나는 카메라를 내려놓았다.

"네…… 고생했어요."

시노미야의 뺨은 여전히 달아오른 상태였지만 표성은 만족감으로 넘쳤다. 어쩌면 자신도 몰랐던 일면을 자각했는지 모르겠다. 그렇게 만족스러운 표정은 처음 보았기에 나도 모르게 셔터를 눌렀다.

"혹시 방금 찍었나요?"

"미안, 미안. 너무 매력적이어서 나도 모르게 그만."

사과하며 나는 시노미야의 어깨를 감싸듯 준비해 둔 커다란 배스타월을 걸쳤다. 실내지만 수영복 차림으로 있으면 감기에 걸릴지도 모른다.

"후훗. 준비가 철저한 데다 다정하네요, 안노."

"이 정도는 당연하지. 쉬는 건 어떻게 할까? 거실에서 쉴래? 마시고 싶은 게 있으면 준비할게."

"마음 써 주셔서 감사해요. 하지만 괜찮아요. 지금 기분이 아주 좋은데 안노가 괜찮다면 이대로 욕실에서 촬영할까요?"

"……알았어."

연속으로 다양한 포즈를 취하기에 촬영은 체력 승부인 면이 있다. 따라서 적당한 휴식이 필요한데, 체력만큼이나 연기자의 텐션도 중요하다. 기분이 좋다면 그 여세를 몰아 찍는 것도 하나의 방법이다. 피곤해 보이면 멈추면 된다.

욕실에 도착해 카메라 설정을 조정하며 어떻게 시작할지 생각하는데 시노미야는 배스타월을 내게 맡기고 샤워기를 손에 들었다. 그리고 수도꼭지를 돌려 욕조에 온수를 틀어 온도를 조정했다.

"응, 온도는 딱 좋네요."

돌아보며 미소 짓는 시노미야. 평소 교실에서 옆자리에 앉는 미녀가 우리 집 욕실에서 경영 수영복을 입고 무언가를 시작하려는 것은 비현실적인 광경이다. 나는 여기서부터 촬영을 시작하기로 했다.

"생각해 보니 샤워하는 모습을 남자에게 보여주는 것도 안노가 처음이에요."

"그건…… 뭐, 그렇겠지."

남친과 여친 사이라도 샤워하는 모습을 보여줄 기회는 별로 없을 것이다. 오히려 경영 수영복을 입었다지만 그저 같은 반 친구에게 선보이는 게 더 좀 그런 것 같다.

"이대로라면 안노에게 다양한 저의 처음을 줄 것 같네요."

"말투 조심! 오해만 생기는 발언은 삼가자?!"

"어머, 안노는 무슨 상상을 한 거죠? 좀 궁금하지만, 촬영이 먼저겠지요?"

놀리는 웃음에서 돌변한 시노미야는 샤워기를 가슴에 대고 물을 맞기 시작했다. 쏴아아아아 하는 매일 듣는 물소리지만, 그것을 지금 눈앞에서 맞고 있는 사람은 절세미녀.

빈손을 겨드랑이 밑에 감았기에 자연스레 가슴이 밀려 올라가 수영복 너머로도 부드러움이 전해졌다.

보석처럼 잘려져 노출된 세계 제일의 계곡에 끊임없이 맑은 물이 흘렀다. 광택 있는 에나멜 원단이 젖어 희미하게 비치기 시작했다.

"샤워하면서 욕조 가장자리에 앉을 수 있겠어?"

"네, 해 볼게요."

다행히 시노미야는 아직 냉정함을 유지하고 있었고, 대답하는 목소리도 또렷했다. 다만 포즈는 선정적이었다.

등을 벽에 기대며 시노미야는 욕조 모퉁이에 앉았다. 오른쪽 다리는 안짱다리처럼 무릎을 구부리고 왼쪽 다리는 가장자리를 따라가듯 뻗으며 욕조 안에 내던졌다. 그리고 보물을 지키는 최후의 보루처럼 다리 사이에 오른손을 축 늘어뜨렸다.

"응, 완벽해."

배를 따라 서혜부에서 물방울이 뚝뚝 떨어졌다. 그것이 고여 이윽고 가장자리에서도 흘러내렸다. 특별한 것 없는 당연한 현상인데 이성을 흩트리는 그림을 몇 장이나 찍을 수 있었다.

그리고 평소에도 그런지는 확실하지 않지만, 샤워하는 시노미야의 표정은 자연스레 흐물흐물해졌다.

"안노, 욕조 안에 들어가도 될까요?"

"물론이지. 들어가도 돼."

샤워기를 끄고 시노미야는 물이 넘치지 않는 욕조 안에 발을 넣었다. 이왕이면 가득 채워 둘 걸 그랬다고 조금 후회했지만, 어떤 모습을 보여줄지 기대되기도 했다.

"언젠가 거품 목욕 촬영을 해 보고 싶네요."

욕조에 벌렁 누우며 천진난만한 표정으로 말했다. 그 마음은 이해한다. 즐거운 듯 거품을 갖고 노는 시노미야의 귀여움에 몸부림치는 내 모습을 상상할 수 있었다.

"그때는 수영복을 입지 않아도 되겠지요?"

그런 폭탄을 투하하며 시노미야는 샤워기를 계곡 사이

에 꽂듯 꽉 안고 요염하게 미소 지었다. 팬클럽 녀석들이 본다면 졸도하거나 "샤워기가 되고 싶어"라며 꽥꽥 비명을 지를 것이다.

"아니면…… 촬영은 하지 말고 안노도 같이 들어갈까요?"

"……뭐?"

갑작스러운 제안에 셔터를 누르는 손이 나도 모르게 멈추고 시노미야의 얼굴을 직접 확인했다. 역시나 그녀는 잡은 사냥감을 희롱하는 듯한 눈빛으로 입맛을 다시며 이렇게 말했다.

"저랑 같이 목욕하지 않겠냐고 말했어요. 못 들었나요?"

"똑똑히 듣고 한 반응이었는데?!"

나도 모르게 소리치듯 딴죽을 걸고 말았다. 같이 목욕하다니 동거하는 커플이나 신혼부부라도 아니고서는 하지 않을 일인데, 그저 계약 관계인 나와 시노미야가 혼욕하다니 말이 안 된다. 생각만 해도 뇌가 들끓었다.

심장이 터질 것처럼 고동치며 동요하는 것을 들키고 싶지 않아서 나는 등을 돌렸지만, 조소하듯 시노미야는 등에 몸을 딱 붙였다. 풍만한 감촉이 리얼하게 전해졌다.

"지금이라면 몸의 구석구석까지 닦아 줄게요. 밀착 서비스 포함으로요."

화상을 입을 듯이 뜨겁게 마음을 녹이는 달콤한 숨결과 함께 귓가에서 속삭였다. 입에서 심장이 나올 것처럼 놀랐지만 비명을 지르지 않은 것은 기적이었다.

"여차하면 경영 수영복이 아니라 안노가 안 된다고 말했던 중학생 때 입었던 학교 수영복을 입고 서비스해 줄게요."

"서, 서비스라고 하지 마……."

"풍성하게 거품을 낸 바디샴푸를 몸에 두르고 이렇게 문질문질 씻어 줄게요. 그게 끝나면 물론 앞도……."

실연하듯 위아래로 몸을 움직이며 말하던 시노미야는 내 흉부에 손을 뻗었다. 오감으로 시노미야를 느끼는 백허 그 자세. 어지러워서 내가 서 있는지 쓰러진 건지 알 수 없었다.

"아아, 아니면 변태 안노는 아무것도 입지 않은…… 생생한 감촉을 맛보고 싶은가요?"

눈을 감아. 생각하지 마. 상상하지 마. 사고를 차단해. 오른쪽 귀에서 들어온 정보는 왼쪽 귀로 내보내는 거야.

"그런데 안노. 스마트폰을 빌려줄래요?"

"스, 스마트폰? 그건 뒷주머니에……."

들어 있어, 라고 내가 말하기 전에 시노미야가 엉덩이에 달린 주머니를 더듬었다. 마치 보물을 강탈하는 도적 같았다.

"비밀번호는…… 역시 설정하지 않았군요. 앗, 그런데 안면 인식이네요. 안노, 얼굴 들어볼래요?"

그렇게 말하며 시노미야는 스마트폰을 내 얼굴 앞에 들이댔다. 뭘 노리는지는 알지만 막지는 못한 채 아니나 다를까 잠금은 해제되고 말았다. 재빨리 조작해 내 어깨에 머리를 툭 얹으며 다시 스마트폰을 내 얼굴 앞에 들었다. 그리고──.

"그럼, 치즈!"

찰칵. 투 샷 셀카를 찍은 것을 내가 알아챘을 때는 이미 시노미야가 키득키득 웃으며 몸을 떼고 있었다.

"후훗. 방심해서 흐물흐물한 안노의 얼굴이 너무 귀여워요. 이건 여러모로 순조로울 것 같네요."

"뭐가 순조로울지는 굳이 묻지 않을 테니 지금 당장 그 사진은 지워 줘!"

"괜찮아요. 안노 스마트폰에서는 삭제할게요. 이미 제 스마트폰으로 보냈으니 늦었지만요."

"시노미야 스마트폰은 어디 있어?!"

저장되기 전이라면 대처할 수 있다. 몰수라도 해서 데이터와 함께 부수면 된다.

"제 스마트폰이라면 세탁기 위에 뒀어요. 단……."

그 말을 듣고 나는 욕실에서 뛰쳐나가 탈의실의 세탁기 위를 확인했지만, 촬영 전까지 시노미야가 어깨에 둘렀던 배스타월이 있을 뿐이었다. 그것을 걷자 곱게 접힌 교복 한 벌이 나왔다.

"제 교복 밑에 있는 속옷을 치워야만 집을 수 있지만요."

"뭐, 라……고?"

"자, 안노. 저는 신경 쓰지 말고 스마트폰을 집어도 돼요."

매일 학교에서 시노미야가 입고 있는 교복을 만지는 것만으로도 금기인데 속옷에 손을 대다니 도저히 할 수 있을 리가 없었다.

"참고로 오늘 입었던 속옷은 제가 가진 것 중에서 가장 좋아하는 건데…… 중요할 때 입는 승부 속옷이랍니다, 라고 말하면 어떻게 할 건가요?"

"?!?!"

소리 없는 비명이 새어 나왔다. 결국 그것은 지난번에 촬영했을 때 본 것과는 다른 것이란 말인가? 그 붉은 속옷도 몹시 예뻤는데 그보다 더하다면 대체 어떻단 말인가. 궁금하지 않을 리가 없었다.

"……윽. 이 소악마가!"

하지만 슬프게도 내가 말할 수 있는 것은 꼬리를 말고 한심하게 도망치는 패배자가 남기는 마지막 대사뿐. 정말로 만졌다가는 내 스마트폰으로 결정적 순간을 빠짐없이 동영상 촬영해 새로운 협박의 도구로 쓸 것이다. 그것만은 반드시 피해야 했다.

"그 사진…… 절대로 아무한테도 보여주지 마."

"당연히 안 보여주죠. 기껏해야 스마트폰 잠금 화면으로

쓰는 정도예요."

"제발 하지 마. 집에서 보기만 해."

바탕 화면이 아닌 건 그나마 다행이지만, 화면으로 설정했다가는 어쩌다 누가 볼 수도 있다. 그러면 나는 끝장이다.

"농담이에요. 아무한테도 보여주거나 자랑하지 않아요. 이건 저만의 소중한 보물이에요."

"보물이라고 할 정도는……."

달리 더 소중한 게 있지 않느냐고 말하려 했지만, 시노미야가 기쁜 듯 웃으며 스마트폰을 품에 안았기에 더는 아무 말도 할 수 없었다.

"그보다 안노. 슬슬 옷을 갈아입고 싶은데요……. 괜찮을까요?"

"응? 응, 물론이지! 몸도 젖었는데 계속 수영복을 입고 있다가는 감기에 걸릴 거야!"

엣취, 하고 귀엽게 재채기하는 시노미야에게 나는 황급히 배스타월을 건네고 탈의실에서 나가려고 등을 돌렸다.

"앗! 원한다면 수영복을 벗은 사진도 찍을까요? 이 커다란 배스타월이라면 온몸을 가릴 수 있는데, 어때요?"

"안 찍어! 이상한 소리 하지 말고 얼른 옷이나 갈아입어!"

찍고 싶은 마음은 굴뚝 같지만, 무슨 짓을 저지를지 모르기에 나는 쏜살같이 도망치기로 했다.

등 뒤에서 "안노는 너무해" 하고 입술을 삐죽거리며 토라진 시노미야의 목소리가 들렸지만, 최선을 다해 무시했다.

이리하여 두 번째 촬영회는 끝났지만, 욕실에서 돌아온 시노미야를 칭찬하고자 준비한 아이스크림으로 한바탕 소동이 일어나 끝까지 난리법석이었다.

제5화: 시노미야네 집에서 촬영회?!

"야, 타쿠미. 내 말 듣고 있냐?"

두 번째 촬영회 이후 며칠이 지난 아침. 내가 스마트폰의 앨범을 멍하니 바라보는데 여느 때처럼 아라타가 어딘가 신묘한 얼굴과 목소리로 말을 걸었다.

"딱히 상관은 없지만…… 그 느낌에 기시감을 느끼는 건 기분 탓인가?"

"기분 탓이야! 게다가 이번에는 진지한 이야기라고!"

안심해, 라며 자신만만하게 아라타는 말했으나 불안하기만 했다. 이 말투에 진지한 내용이었던 적이 없다.

"들어줄 테니 재지 말고 빨리 말해. 혹시 저번에 말했던 시노미야가 좋아하는 사람이 있는지에 대한 회의 결과는 아니겠지?"

"그 이야기도 하고 싶지만, 지금은 그보다 중요하면서도 때에 따라서는 큰 문제로 발전할 만한 일이야!"

"……큰 문제는 무슨. 어차피 또 시노미야에 관한 일이 잖아?"

한가하고 끈질기다. 팬클럽 회원은 365일 24시간 내내 시노미야 리노아를 생각하는 건가? 만약 그렇다면 상식을 벗어났다고 해도 과언이 아니다. 그중 눈앞에 있는 친구가 포함되어 있다고 생각하자 머리가 아팠다.

"딱 잘라 말해서—— 최근에 시노미야가 더 요염해지지 않았어?"

"뭘, 바보 같은 소리야?"

너무 어처구니가 없어서 대놓고 욕을 하고 말았다.

"바보는 너야, 타쿠미! 이건 시노미야 리노아 팬클럽 회원이 만장일치로 하는 생각이라고!"

"……그딴 게 만장일치?"

친구의 말을 믿을 수 없어 교실을 둘러보자, 모두가 고개를 끄덕이고 있었다. 여기에는 죄다 바보밖에 없는 건가? 나는 무거운 한숨을 쉬며 어깨를 으쓱했다.

말하는 걸 깜빡했는데, 정작 시노미야는 웬일로 아직 등교하지 않았다. 시노미야가 있었으면 이런 이야기는 할 수 있을 리가 없지만.

"알았어. 백번 양보해서 시노미야가 더 요염해졌다고 치자. 대체 어디가 변했는데?"

"하아…… 비회원은 이래서 안 된다니까. 시노미야의 표정이나 일거수일투족에 이따금 에로스가 배어 나오는 걸 알아채지 못한다고?"

다른 표현도 있을 텐데 에로스는 너무하잖아, 라고 태클을 걸고 싶었지만 교실 안에서 찬동하며 고개를 끄덕이는 소리가 들렸기에 아무 말도 할 수 없었다.

"구체적으로 언어화하기는 어렵지만, 사소한 동작이나 미소가 묘하게 섹시해졌어. 이건 역시——!!"

아라타가 끝까지 말하려던 타이밍에 드르륵 문이 열렸다. 들어온 사람은 다름 아닌, 화제의 중심에 있는 시노미야 본인이었다. 교실에 긴장이 감돌았다.

"……다들 무슨 일 있나요?"

시노미야도 이변을 알아챘는지 어리둥절한 얼굴로 물었다. 하지만 슬프게도 그 질문에 답할 수 있는 사람은 한 명도 없었다. 다들 불편한 듯 시선을 돌리거나 쓴웃음을 지었다.

그렇게 이상한 분위기를 시노미야는 개의치 않고 유유히 걸어서 내 옆으로 다가왔다. 책상에 가방을 걸고 앉더니 상냥하게 말을 걸었다.

"좋은 아침이에요, 안노."

"좋은 아침, 시노미야."

아직 완전히 깨지 않는 뇌를 풀 회전시켜 이후의 대화에서 물어볼 말에 어떻게 대답해야 할지 생각했다.

할 수만 있다면 이 상황을 만들어 낸 원흉에게 책임을 돌리고 싶지만, 그 녀석은 이미 도주해 이 자리에는 없었다.

"저기, 안노. 친구들이 좀 이상한 것 같은데…… 기분 탓일까요?"

"유감스럽게도 기분 탓이 아니야. 덧붙여 말하자면 분위기가 이상해진 원인은 시노미야야."

"네? 저요?"

고개를 갸웃거리는 시노미야. 귀여워서 내 마음은 평온해졌지만 반 친구들에게 그럴 여유는 없었다. 아라타를 필두로 "말하지 마라?!" 하는 분노의 시선을 보내왔다.

"시노미야가 오기 직전까지 다들 '요즘 시노미야가 더 요염해졌다'는 이야기를 하고 있었어."

"그렇군요. 대강 이해했어요. 결국 제가 등교한 타이밍이 안 좋았다는 거군요?"

"뭐, 그런 셈이지."

외야에서 "부정해! 시노미야는 잘못이 없다고!", "본인에게 그대로 말하는 녀석이 어디 있어!"라는 원한이 담긴 목소리가 들렸지만, 알 게 뭐람.

"그건 그렇고…… 요염하다니. 저는 전혀 모르겠는데요. 안노도 그렇게 생각하나요?"

태연한 시노미야의 물음에 교실의 분위기가 더욱 얼어붙었고, 시선의 압박도 커져 나는 숨이 막혔다.

"……왜 내게 물어?"

"왜냐니요……. 저를 제일 자주 보는 게 안노니까 그렇죠."

심장을 꽉 움켜쥔 듯한 격통이 내달렸다. 오해를 부르는 말은 지금껏 몇 번인가 있었지만 사고가 없을 수 있었던 건 그것이 단둘일 때 한 발언이었기 때문이다. 그런데 가장 해서는 안 될 반 친구들 앞에서 할 줄이야.

"야, 너…… 타쿠미. 방금 시노미야의 발언이 무슨 뜻일까? 자칫 잘못하면 우리 우정이 깨질 수도 있다?"

우정이 문제가 아니라 내 목숨을 빼앗을지도 모르는 괴물 같은 형상을 띠며 아라타가 내 책상 앞으로 왔다. 꽤 오래 알고 지냈지만, 아라타가 이렇게까지 격앙된 모습은 유즈하 씨와 개인 촬영했다고 털어놓았을 때 이래 처음이었다.

"진정해, 아라타! 나는 그저 시노미야의 옆에 앉았을 뿐이지, 네가 생각하는 그런 관계가 아니야!"

"안노 말이 맞아요. 옆자리에 앉은 안노라면 저의 사소한 변화도 알아채지 않을까 싶었어요. 그 이상의 특별한 의미는 없어요."

그렇게 말하며 후후 웃은 시노미야. 표정은 성녀 같지만, 뱉는 말에는 평소 느낄 수 없는 압박이 담겨 있었다. 마치 내가 어떻게 대답할지 유도하듯이.

"그래서 어떤가요, 안노? 제가 변했나요?"

"……다들 기분 탓일 거야. 시노미야는 변하지 않았어."

나는 마음을 눌러 감정을 지우고 억양 없는 목소리로 대답했다. 그 순간, 교실에 불만과 안도가 뒤섞인 한숨이 새어 나왔다.

"아, 아니…… 하지만 타쿠미 한 사람이 부정해도 모두의 의견은……!"

"쿠키가 하고 싶은 말이 뭔지도 알아요. 하지만 이 교실에서 저를 가장 객관적으로 볼 수 있는 사람은 안노예요. 그런 안노가 한 말이니 틀림없어요."

물고 늘어지는 아라타——라기보다 납득하지 못한 반 친구들——에게 보기 드물게 날카로운 시선과 강한 말투로 단언하는 시노미야. 여기에는 아무리 아라타라도 멈칫했다.

"왜 안노가 가장 객관적인지는…… 설명할 필요 없겠죠?"

"네, 네에……. 그건 괜찮습니다. 아침부터 실례했습니다!"

그렇게 말하며 아라타는 질풍처럼 제자리로 달려갔다. 왔다 갔다 바쁜 데다 시끄러운 녀석이다. 나는 눈가를 누르며 한숨을 쉬었다. 이제 하루가 시작되는 참인데 벌써 그로기 상태다.

"괜찮아요, 안노? 많이 피곤해 보이는데요."

"……누구 때문인데."

아무에게도 들리지 않도록 최대한 시선도 맞추지 않은 채 우리는 속삭여 대화했다.

"글쎄요, 누구 탓일까요? 굳이 말하자면 제가 더 요염해졌다고 말한 사람 아닐까요?"

"그도 그렇군."

즉, 잘못한 사람은 아라타다. 그 녀석이 멍청한 소리를 하지 않았다면 이런 일도 없었을 테고, 반 친구들을 적으로 돌릴 일도 없었다. 쉬는 시간에 한 방 먹여 주러 가야겠다.

"그런데 안노. 사실은 어떤가요?"

"뭐가?"

"시치미 떼지 말아요. 아까 한 말…… 그거, 거짓말이죠?"

시노미야가 속삭인 타이밍에 종이 울렸다. 덕분에 고혹적인 목소리를 들은 사람은 옆자리의 나뿐이었다. 그러니 그 우월감도, 이 벌렁대는 심장 소리도 나만의 것이다. 그리고 시노미야가 더 요염해졌다는 사실을 아는 것도——.

"후훗. 정말로 안노는 독점욕이 강하네요."

책상에 팔꿈치를 대고 턱을 손에 얹은 채 키득키득 웃는 시노미야. 그 웃음은 가련하지만, 그곳에는 장미의 가시 같은 매혹적인 독이 포함되어 있었다. 만지면 죽음에 이르는 마성의 꽃.

"……난 모르는 이야기야."

나는 열기를 띠어 빨개졌을 뺨을 들키지 않도록 얼굴을 돌리며 무뚝뚝하게 말했다.

"하지만 신기하게도 싫지는 않아요. 왜일까요?"

"그, 그런 걸 내게 물어도……."

몰라, 라고 대답하려는데 문이 벌컥 열렸다.

"좋은 아침——! 다들 멀쩡하냐?! 아침부터 한숨 쉬는 사람은 없겠지?!"

살았다. 미코 선생님이 하이 텐션으로 들어왔기에 나는 진심으로 감사했다. 만약 이대로 이야기를 계속했다면 어떻게 되었을지.

"점심시간에 옥상에서 하던 얘길 마저 해요, 안노."

"……살살 부탁드립니다."

아무래도 내 목숨은 오전까지일 모양이다.

*****

"그럼 안노. 세 번째 촬영회는 어떻게 할까요?"

오늘도 시노미야와 함께 옥상에서 점심을 먹는데 당연하다는 듯 일정 상담을 해 왔다. 아침에 하던 이야기를 언제 또 할까 소마조마했기에 조금 맥이 빠진 것은 비밀이다.

"이번 주말이라면 시간이 있는데, 이미지는 생각해 봤고?"

"네! 이번에는 제 사복을 찍고 싶어요!"

교복, 경영 수영복에 이어 이번에는 시노미야의 사복이라. 완전 좋은데? 같이 우에즈 사장님의 '이모션'에 갔을 때 봤던 원피스는 말로 다 할 수 없을 정도로 잘 어울렸다. 그걸 사진으로 찍지 못한 걸 내내 후회했으니 설욕할 수 있다고 생각하자 텐션도 팍팍 올랐다.

"촬영 장소는 어떻게 할까? 또 우리 집에서 찍으면 패턴이 너무 똑같지 않아?"

"듣고 보니 그렇네요. 촬영 스튜디오는 어떨까요?"

미성년자인 우리끼리 스튜디오를 이용하려면 보호자의 동의가 필요하다. 우리 부모님은 해외에 있으니 소용없지만. 그러면 시노미야에게 부탁할 수밖에 없는데,

"저희 부모님…… 안 될 거예요. 절대로 안 써 줄 거고, 안노와도 관계를 끊으라고 할지도 몰라요……. 죄송해요."

그렇게 말하며 미안한 듯 어깨를 축 늘어뜨리는 시노미야. 귀한 딸이 저속한 사진을 찍는다는 걸 알면 격노하는 게 당연하다. 심지어 경찰서에 끌려갈지도 모른다.

"사과하지 마. 그럼 이번에도——."

"아니요. 이번에는 저희 집에서 찍을까요?"

우리 집에서 하자. 그렇게 말하려는데 시노미야가 폭탄을 투하했다. 일순 무슨 말인지 이해하지 못했지만, 그것이 결코 농담이 아니라는 건 음성과 진지한 표정에서 쉽사리 짐작할 수 있었다. 그래서 나는 어리둥절한 반응을 보이고 말았다.

"……어디서 하자고?"

"세 번째 촬영은 저희 집에서 하자고 했어요. 두 번이나 남자네 집에 놀러 갔잖아요. 슬슬 여자 쪽이 부모님이 안 계실 때를 노려 집에 초대해도 되지 않을까요?"

갑자기 시추에이션으로 설정한 이야기를 펼치는 시노미야. 확실히 흐름은 부자연스럽지 않다. 부모님이 안 계실

때 남자를 몰래 부르는 것도 배덕감이 느껴져서 좋다.

"······정말 괜찮겠어?"

다만 그것은 창작 속 이야기이지, 현실에서는 별개다. 촬영 중에 부모님이 돌아오시기라도 한다면——.

"걱정하지 마세요. 이번 주말이라면 부모님이 출장 때문에 절대로 집에 안 오시니까요. 아무한테도 방해받을 일 없어요."

"그, 그래······? 어라, 하지만 언니가 있지 않아? 언니는 괜찮아?"

내 기억이 옳다면 시노미야에게는 모델 활동을 하는 언니가 있을 터였다. 집에 있을 가능성은 없을까?

"문제없어요. 언니라면 대학에 들어가면서 독립해서 거의 집에 안 오거든요."

감정이 없는 목소리로 시노미야는 말했다. 이건 좋고 싫은 차원이 아니다. 마치 존재 자체를 부정하는 듯한 말투에 나는 공포를 느꼈다. 어떻게 하면 친언니에게 이런 감정을 품는 건지 외동인 내게는 상상도 되지 않았다.

"그러니 이번 주말에 저희 집에서 촬영회를 해요······. 괜찮죠?"

"······알았어."

일말의 불안을 품으며 나는 고개를 끄덕일 수밖에 없었다.

"그럼 촬영회 이야기가 끝났으니, 이제부터 미니 촬영을 할까요?"

"……아직 식사 중인데?"

이 미인은 갑자기 무슨 말을 하는 걸까? 아무리 나밖에 없는 옥상이라지만 학교라는 사실에는 변함이 없다. 언제 누가 올지 모르는데 촬영이라니——.

"안노는 식사가 먼저군요. 그럼 이렇게 하면 어떨까요?"

"뭘 해도 소용없어—— 앗, 시노미야?!"

나도 모르게 젓가락을 떨어뜨리며 외쳤다. 왜냐?

그 이유는 시노미야가 내 눈앞에서 서서히 치맛자락에 손을 대고 천천히 걷어 올리기 시작했기 때문이다. 치마에 가려져 보이지 않던 티 없는 눈 같은 맨다리가 드러났다. 그리고 보는 이의 흥분을 부추기듯 속옷이 보일락 말락 한 타이밍에 멈추고는 요염하게 미소 지었다.

"자, 마음껏 찍어도 돼요. 지금이라면 특별히 아주 낮은 앵글에서 촬영도 허가할게요."

"뭐, 라……고?"

그 말이 뜻하는 바는 치마라는 미지의 동굴 속에 숨어 있는 보물을 기록으로 남겨도 된다는 것이다. 그 사실에 내 손은 자연히 가슴 주머니에 담긴 스마트폰으로 뻗었다.

"자자. 서두르지 않으면 누가 올 거예요. 그러면 어떻게 될까요?"

팔랑팔랑 치마를 흔들며 도발하는 시노미야. 만약 이 타

이밍에 누가 온다면 내 목숨이 위험하다. 이 상황을 목격당한다면 공주님인 리노아와 점심을 같이 먹은 데다 심상치 않은 관계라고 오해받는대도 이상하지 않다.

"이제 와 주저할 건 없어요. 이미 안노는 제 흐트러진 모습을 봤잖아요?"

"TPO라는 말 알지?! 집과 학교는 다르거든?!"

"빈 교실에서 제가 흐트러진 모습은 찍었으면서요?"

그렇게 말하며 시노미야는 후훗, 하고 요염한 웃음을 흘렸다. 분하다. 놀리는 걸 알면서 찍고 싶은 충동을 억누를 수가 없다.

"……알았어. 그럼 사양하지 않고 찍을게. 일어나서 벽까지 가 볼래?"

"네, 물론이죠. 안노에게 의욕이 생겨서 기뻐요."

후퇴할 길을 빼앗은 뒤 낮은 자세로 스마트폰을 잡았다. 화면 너머로 비치는 시노미야의 표정은 학교에서는 절대로 해서는 안 될 흐물흐물한 얼굴이어서 나는 마른침을 삼키며 셔터를 눌렀다.

*****

세 번째 촬영회 날 아침. 세면대 거울에 비친 내 얼굴을 보며 깊은 한숨을 쉬었다.

"하아…… 최악이야."

눈 밑에 짙게 드리운 다크서클. 납처럼 무거운 머리. 아무리 생각해도 명백한 수면 부족이다. 이래서야 수학여행 전날 너무 들뜬 나머지 늦잠을 잔 중학생 때의 아라타를 비웃을 수 없다.

"어제 기자재 준비를 마치길 잘했네……."

혼잣말하며 나는 한숨을 쉬었다.

시각은 현재 11시를 반쯤 지나고 있었다.

어젯밤에는 눈이 말똥말똥해서 이불 속에서도 전혀 잠들지 못한 채 꿈과 현실 사이를 헤매는 기묘한 체험을 했다. 커튼 사이로 햇빛이 비칠 때까지 잠은 오지 않았고, 눈을 뜨니 이 시간이었다.

약속 시간은 오후 1시. 장소는 시노미야네 집 근처 역. 우리 집에서 한 시간 정도 걸리기에 슬슬 출발해야 했다.

"잊은 물건은…… 응, 괜찮은 것 같네."

사용할지는 알 수 없지만 최소한의 장비를 담은 캐리어를 드륵드륵 끌었다. 가벼운 여행 정도의 짐이다. 이런 점만 놓고 보면 우리 집에서 촬영하는 게 훨씬 편하다.

"시노미야네 집이라. 어떻게 생겼을까……?"

전철 안에서 멍하니 그런 생각을 했다. 아라타 말로는 도심의 고급 저택 같은 단독주택에 산다는데, 과연 진실은 무엇일지.

다만 마음에 걸리는 건, 가족 이야기를 하면 반드시 시노미야의 모습이 이상해진다는 것이다. 같은 반 여학생——그것도 엄청난 미녀인 시노미야——의 집에 초대받은 사실에 신이 나는 건 틀림없다. 수면 부족도 이게 원인이지만, 그와 비슷하게 감정이 사라진 시노미야의 얼굴이 신경 쓰였다.

"가족이라……. 어렵네."

타인인 내가 쉽사리 참견할 일이 아니다. 이 스탠스는 처음부터 변함없다. 다만 그 형언할 수 없이 괴롭고 쓸쓸한 표정을 보니 힘이 되어 주고 싶었다. 그건 오만한 생각일까?

그런 생각을 하다 보니 어느샌가 목적지에 도착했다. 나는 머리를 흔들어 기분을 전환하고 전철에서 내렸다. 아직 여름이 되지도 않았는데 햇살이 강렬했다. 이대로 실전에 돌입한다면 혹서의 얼음처럼 형체도 없이 녹는 게 아닐까?

"안노——! 여기예요——!!"

계단을 올라 개찰구 앞에 다다르자 언젠가와 마찬가지로 교복 차림의 시노미야가 활짝 웃는 얼굴로 폴짝폴짝 뛰며 손을 흔들고 있었다. 귀여운데 출렁출렁 흔들리며 크기와 부드러움을 보란 듯이 주장하는 두 언덕 때문에 똑바로 볼 수 없었다.

"안녕하세요, 안노. 오늘은 웬일로 시간에 딱 맞게 도착했네요."

"기다리게 해서 미안해, 시노미야. 늦잠을 자는 바람에."

사죄하며 개찰구를 나가 시노미야와 합류했다. 역을 뒤로 하고 잠시 나란히 걷자, 고급 주택가 안으로 돌입했다. 아라타가 했던 말은 사실이었나?

"늦잠이요? 그건 더 별일이네요. 밤이라도 새웠나요?"

믿을 수 없다는 표정으로 시노미야가 말하자 나도 모르게 '너 때문이거든' 하고 마음속으로 중얼거렸다.

"앗…… 혹시 소풍 전날 초등학생처럼 저희 집에 오는 게 기대돼서 잠 못 이뤘나요? 무슨 야한 일을 상상했나요?"

어때요? 하고 히죽히죽 웃으며 내 옆구리를 쿡쿡 찌르는 시노미야. 간지러우니까 하지 마. 이대로 당할 수만은 없었다.

"네, 맞아요! 시노미야네에 가는 게 기대돼서 잠 못 이뤘네요! 안 되나요?!"

"네? 네에에?! 잠깐만요, 안노. 그게 정말이에요?!"

내 기세에 눌렸는지 시노미야가 조금 동요했다. 다그치려면 지금뿐이다. 자고로 침략하려면 불과 같이, 라고 했다.

"진짜지 그럼, 진지하다고. 시노미야네 집이잖아? 게다가 단둘이고. 기대하지 않는 게 이상하잖아?"

"으, 으으으…… 아, 안노도 기대하나요?"

얼굴을 새빨갛게 물들인 시노미야가 시선만 이쪽을 향

하며 모기 같은 목소리로 물었다. 남을 놀리던 소악마라고는 생각할 수 없는 순진한 반응이로군. 그보다 눈을 치뜨고 글썽이는 건 반칙이야.

"저, 저기…… 어떤가요? 안노는 그…… 저랑 하고 싶나요?"

"하고 싶다니…… 뭘?"

꿀꺽 마른침을 삼키며 시노미야에게 되물었다. 알고 있었다. 그런 건 묻지 않아도. 다만 묻지 않을 수가 없었다.

"후훗. 뭐냐니……. 뻔하잖아요? 그 · 거 · 야——."

그렇게 말하며 시노미야는 살짝 까치발을 하더니 내 귓가에 얼굴을 들이댔다. 나는 이 공방의 패배를 깨달았다. 모든 것은 그녀의 손바닥 위였다. 설치된 함정에 그대로 걸린 불쌍한 새끼 양이로구나.

"——야한 짓이죠."

뜨거운 숨결이 뒤섞인 고혹적인 목소리로 속삭이자, 등줄기가 오싹오싹 떨렸다. 호흡은 불규칙적으로 변했고, 뺨뿐만 아니라 체온이 급상승하는 것을 알 수 있었다.

"빈 교실, 집에서 세 번이나 제 망측한 모습을 보고도 그런 건 전혀 하지 않았는데, 저희 집에 오니 하고 싶어졌나요?"

"미안해. 농담이야. 전혀 생각하지 않았다면 거짓말이지만, 실제로 그런 짓을 할 생각은 없어. 정말이야."

나는 두 손을 번쩍 올려 백기를 들었다. 승산이 없는 싸움인 걸 알았으니 재빨리 철수하는 것이 현명한 선택이다. 하지만 슬프게도 한번 물면 숨통이 끊어질 때까지 놓지 않는 맹수처럼 시노미야는 귓가에서 계속 말했다.

"그거 유감이네요. 하지만 저는 언제든 웰컴이라고 말한다면 어때요?"

"──시, 시노미야?!"

말뜻을 이해한 순간 뇌가 끓어올랐다. 진심일까, 농담일까? 목소리만으로는 판단할 수 없었다.

"차려 놓은 밥상도 못 먹는 건 남자의 수치라던데. 설마 안노는 변태가 아니라 닭인가요?"

틀림없다. 이것은 99% 도발이다. 휘말리면 나는 시노미야의 노예로서 평생을 살게 될 것이다. 그것도 나쁘지는 않다만.

"후훗. 정말로 안노는 얼굴에 다 드러나네요. 무슨 생각을 하는지 훤히 알겠어요."

"……농담이지?"

"믿고 말고는 안노 마음이에요. 그건 그렇고, 다 왔어요. 여기가 저희 집이에요."

결국 일련의 이야기는 모두 수수께끼에 감싸인 채 오늘 촬영회 장소인 시노미야네에 도착했다. 그 문패 앞에 선 나는 너무나도 호화로운 저택에 할 말을 잃었다.

"여, 여기가 시노미야네……? 굉장하다."

"겉보기에는 그렇지요. 정작 제게는 그저 머무는 곳에 불과하지만요."

"……시노미야?"

또다. 또 시노미야에게서 감정이 사라졌다. 하지만 그것도 잠시. 이내 미소를 되찾아 내 손을 잡았다.

"자, 멍하니 있지 말고 안으로 들어가요, 안노! 계속 밖에 있으면 이웃에 민폐일 거예요!"

"알았어! 알았으니까 잡아당기지 마!"

내 손을 힘껏 잡은 시노미야의 손이 조금 떨리는 것처럼 느껴지는 건 기분 탓이리라. 나는 그렇게 생각하기로 하고 시노미야네에 발을 들였다.

*****

우리 집의 두 배쯤 되는 거실과 엄청나게 부드러운 소파에 앉아 불편함을 느끼며 아까부터 궁금하던 것을 물었다.

"그런데 시노미야. 계속 묻고 싶었는데…… 왜 교복을 입었어?"

첫 촬영회는 스터디 콘셉트이니 교복을 입은 것도 이해되지만, 이번 콘셉트는 '휴일에 신경 쓰이는 같은 반 남자애를 집에 초대해 단둘이 차를 마신다. 어느샌가 달콤한 분위기가……'이다. 교복은 이상하지 않나?

"아, 그건 지금 갈아입을 거거든요. 촬영할 옷은 처음 입는 거라 외출하기는 부끄러워서요……."

루이보스티가 담긴 컵을 손에 건네주며 시노미야는 내 옆에 털썩 앉았다. 게다가 어깨가 닿을 만큼 가까운 거리.

"그, 그렇구나."

밖에 입고 나가기가 부끄러운 옷이라니 어떤 옷일지 곤혹스러웠다. 지난번의 경영 수영복을 뛰어넘는 사복은 아니겠지? 그건 그것대로 보고 싶지만.

"그리고 미련이 남아서요……. 역시 촬영하고 싶더라고요……."

"촬영하다니, 뭘?"

"그야 뻔하죠. 제가 갈아입는 모습이요."

제 입으로 말하게 하지 말라고 토라지듯 입술을 삐죽 내미는 시노미야. 그에 반해 나는 어깨를 으쓱이며 무거운 한숨을 쉬었다.

포기하지 않은 거냐? 아니, 그렇게 옷 갈아입는 모습을 찍고 싶은 거냐? 그렇게까지 나오면 미련이라기보다 집념이 느껴지는데, 기분 탓인가?

"신경 쓰이는 남자애를 집에 초대해 처음으로 입는 옷을 선보이기로. 그때, 방문이 열려 있어 갈아입는 모습을 들키는…… 시추에이션……이에요. 어떤가요?"

"어쩌냐고 물어도……."

예정보다 촬영할 수 있는 그림이 늘어나는 건 나쁘지 않다. 거기에 스토리가 생겨난다면 더더욱 반가운 일이다. 하지만 그것은 사진집 등을 만들 때의 이야기다. 같은 반 여자애가 옷을 갈아입는 모습을 찍다니 도저히 할 수 없는 일이다.

갈등하는 내 심경을 들여다본 듯 시노미야는 입가를 씩 올렸다. 그리고 내 어깨에 살며시 손을 얹더니 얼굴을 귓가에 슥 들이대고 속삭였다.

"정말로 찍고 싶지 않으세요? 일부러 문을 살짝 열어 남자애가 엿보기를 기대한 여자애를. 어떤 표정을 지을지 궁금하지 않나요?"

"……윽."

이 소악마 녀석, 이라는 욕과 혹시 이 녀석은 천재인가, 하는 칭찬의 말이 동시에 마음속에 떠올랐다. 계획대로 옷 갈아입는 모습을 들켰을 때, 시노미야는 어떤 표정을 지을까? 상상이 되지 않기에 사진으로 찍고 싶어졌다.

"아, 알았어……."

본능을 거스를 수 없었다. 조금이라도 찍고 싶다고 생각한 시점에 나의 패배다.

"후훗. 안노라면 그렇게 말해 줄 거라고 믿었어요. 감사합니다."

그렇게 말하며 내게서 몸을 뗀 시노미야는 진심으로 기쁜 듯한 표정을 지었다. 아무래도 하나부터 열까지 조종당하는 하루가 될 것 같았다. 다만 불량하게도 나는 그것을 나쁘지 않다고 생각했다. 심지어 즐겁다고까지 느끼니 머리가 아팠다.

"정말 안노는 얼굴에 다 드러나네요. 그런 점이 귀여워서 좋아요."

"······좋다고 쉽게 말하지 마. 착각하는 녀석이 생겨서 난리가 날 테니까."

"착각해도 상관없어요, 라고 말하면 어떻게 할 건가요?"

시노미야는 일어나더니 태연히 말했다. 비명을 지르고 싶었지만, 직전에 견딘 것은 기적이었다. 알고 있다. 이것도 나를 놀리기 위한 함정이다. 여기서 도발에 넘어가면 어떻게 될지는 이동 중에 경험한 대로다. 따라서 여기서 정답은 침묵하는 것.

시노미야 리노아 팬클럽 회원들에게 가르쳐 주고 싶다. 너희들이 사랑하는 공주님은 남의 순정을 희롱하기 좋아하는 소악마라고.

"안노가 적당히 혼란에 빠졌으니 슬슬 오늘의 촬영 장소로 이동할까요? 따라오세요."

"이동하다니 어디로?"

"그야 뻔하죠. 제 방이요."

또다시 태연히 말하는 시노미야. 당연하다고 생각하는 한편, 시노미야의 방이라는 이른바 성역으로 들어가는 데 거부감이 느껴졌다.

"괘, 괜찮을까……? 나 같은 녀석이 시노미야 방으로 들어가도?"

"물론이죠. 그리고 말했죠? 저의 다양한 처음을 안노에게 주게 될 것 같다고. 이게 무슨 뜻인지 아세요?"

"겨, 결국 시노미야 방에 들어가는 남자는 내가 처음이라는 거야?"

"맞아요, 라고 말하고 싶지만 미묘하게 아니네요. 친구로서 제 방에 들어오는 건 안노가 처음이에요."

이 정정은 사소한 것 같지만 받아들이기에 따라서는 큰 차이가 있다. 시노미야에게 친구라 부를 수 있는 사람은 정말로 없었다는 슬픔도 느꼈다.

"자, 멍하니 있지 말고 가요! 촬영을 시작하기 전에 카메라 설정을 하고 문틈 조정도 하고 할 일이 많거든요!"

그렇게 말하며 시노미야는 내 손을 잡더니 방을 향해 걸어갔다.

시노미야네 집은 정원 딸린 이층집. 수영장은 없지만 고급 주택가 중에서도 유독 눈에 띄는 구조였다.

그녀의 방은 2층에 있어서 계단을 올라갔다. 거실에서 거기까지 가는 짧은 거리를 우리는 한마디도 없이 갔다.

휴일. 우리 말고 아무도 없는 정숙 속에 쿵쾅, 쿵쾅, 하고 심장 소리가 울리는 듯한 착각이 들었다. 손에 땀이 배어 나왔다. 벌렁대는 심장이 들키지 않기를 기도하며, 앞서 걷는 시노미야의 뒷모습을 보자 귀부터 목까지 빨개져 있었다.

"다 왔어요! 여기가 제 방이에요!"

들어가세요, 라며 문을 달칵 연 시노미야. 아무도 발을 들인 적 없는 성역. 그 안은 의외로, 라고 말하면 실례일지도 모르지만, 여고생의 방치고는 꾸밈없이 소박했다.

"저는 옷 갈아입을 준비를 할 테니 그사이에 안노는 필요한 조정을 하세요."

"알았어."

시노미야가 방 안에 들어간 것을 확인한 뒤 나는 일단 문을 닫았다. 그리고 서서히 열어 문틈에 카메라를 들이대 보며 미세하게 조정했다.

너무 좁으면 시노미야의 모습을 찍을 수 없고, 너무 넓어도 엿보는 느낌이 사라진다. 실제로 셔터를 눌러 분위기를 확인했다.

"어떤가요, 안노? 괜찮게 찍히나요?"

"응, 이거면 될 것 같아. 시노미야는 괜찮아?"

"네! 저는 언제든 괜찮아요! 다만 옷이 어울릴지 조금 불안하네요."

"시노미야에게 어울리지 않는 옷은 없다고 생각하는데……."

절세, 라는 수식어가 과장이 아닌 미녀 시노미야에게 어울리지 않는 옷이 있다면 알려줬으면 좋겠다. 간호사와 경찰, 메이드와 바니걸, 슈트 차림 등 뭐든 오케이다.

"후훗. 빈말이라도 그렇게 말해 주니 기쁘네요. 감사합니다."

빈말 아닌데, 하고 나는 카메라 설정을 하며 대답했다. 시노미야가 입어 준다면 옷도 행복할 것이다.

"그래요! 다음에 같이 옷을 사러 가지 않을래요? 저를 안노의 빛깔로 물들여 주세요!"

"표현이 좀 이상한데?! 코디네이트라거나 다른 표현이 있잖아?! 단어 선택에 주의하자?!"

조금 더 말을 조심했으면 좋겠다. 내가 아니었다면 지금쯤 큰일이 났을 것이다. 구체적으로 어떻다고 말하기는 꺼려지지만.

"제게 어떤 옷을 입혀 줄지. 안노의 성적 취향……이 아니라 취향, 도 아니라 센스를 기대할게요!"

"성적 취향이라고 말했잖아?! 나 참, 나를 어떻게 생각하는 거야……."

"저를 제일 잘 아는 사람이라고 생각해요. 다양한 의미로요."

자못 의미심장하게 말하는 시노미야의 입가에는 요염한 미소가 새겨져 있었다. 나는 가슴을 두근거리면서도 살려 달라고 중얼거리며 어깨를 으쓱였다.

　"알았어. 언젠가 쇼핑하러 가게 되면 시노미야에게 제일 잘 어울리는 옷을 골라 줄 테니 각오해."

　"그거 기대되네요. 꼭 가요. 약속했으니 슬슬 촬영을 시작할까요?"

　"……그래."

　나는 한숨을 쉬며 고개를 끄덕였다. 이대로 이야기를 이어간다면 부끄러움에 부끄러움을 더할 뿐이다. 그 늪에서 빠져나올 수 있다면 더 바랄 게 없다.

　"난 준비됐으니 언제든 괜찮아. 시노미야의 타이밍에 맞출게."

　"알겠어요. 저는 어디쯤 서 있을까요?"

　옷 갈아입는 모습을 들키고 싶어서 문을 열고 있다는 설정이라면 아슬아슬하게 보이는 정도가 좋을 것이다. 그러면 서 있는 위치는 침대 옆이 정답이려나? 그리고 주의할 점이 있다면──.

　"옷을 갈아입을 때는 되도록 정면…… 카메라 쪽에 몸을 틀지 않도록 해. 시선과 얼굴은 본다 쳐도 교복을 다 벗은 이후가 좋을 거야."

　"……그렇군요."

시노미야는 턱에 손을 대고 조용히 상상했다. 노린 대로 엿보고 있다는 걸 깨달았을 때, 어떤 표정을 지을까? 사복을 찍기 전 최고의 볼거리라 말해도 과언은 아니다.

　"그런데 안노. 시작하기 전에 묻고 싶은데요…… 오늘은 카메라를 두 대 쓰나요?"

　"응? 그러고 보니 말 안 했구나. 정확히는 사진 촬영용 한 대와 동영상 촬영용 한 대야."

　손에 들고 있는 것은 지금까지도 촬영에 사용했던 카메라지만, 그것과는 달리 오늘은 삼각대를 세워 거기에 다른 카메라도 설치했다.

　"엿보는 설정이라면 시점을 고정하는 것도 괜찮겠다 싶었어. 사진과는 달리 동영상이라면 길게 찍을 수도 있으니까."

　다만 이것은 사진으로는 담을 수 없는 순간을 놓치지 않기 위한, 요컨대 보험 같은 것이다. 메인은 어디까지나 정지한 그림이다.

　"그럼 동영상용 카메라는 옷장 속에 넣을까요? 문틈보다 방에서 촬영하는 게 더 몰래 찍는 분위기가 나서 좋을 거예요."

　그렇게 말하며 시노미야는 삼각대째 카메라를 들더니 옷장 문을 열고 안에 넣었다. 거침없는 즉단즉결에 어안이 벙벙한 나는 머리를 흔들어 멈춰 있던 뇌를 재기동시켰다.

　"아니, 아니, 아니?! 아무리 그래도 옷장 틈으로 찍는 건 너무하지 않아? 정말로 도촬이잖아!"

"합법적인 도촬이에요. 찍히는 사람이 승낙했으니 문제없어요. 그보다 각도를 조정해 주세요."

내 말을 완전히 무시하고 웃으며 시노미야는 말했다. 눈이 웃지 않았다. 아무래도 진짜 도촬을 원하는 모양이었다. 그리고 그것을 부정할 권리는 당연히 없었다.

"하아…… 알겠습니다. 공주님 말씀대로 할게요. 잠깐 기다리세요."

떨떠름하면서도 긴장한 채 나는 시노미야의 방으로 발을 들였다. 그 순간, 비강에 닿은 소녀 특유의 뇌가 녹을 듯 달콤한 향기. 정신을 잃지 않도록 마음을 강하게 먹고 나는 조정을 시작했다.

"삼각대로는 조금 낮네……."

옷장 안에 숨은 실정이라면 카메라는 눈높이에 두고 싶었다. 다만 준비한 삼각대로는 미묘하게 높이가 부족했다.

"그러면 의상 선반 위에 두면 어떨까요?"

시노미야의 말에 카메라를 의상 선반 위에 올려 보자 확실히 높이는 딱 맞았다. 이거라면 이상적인 도촬을 할 수 있을 듯했다. 이제 아까처럼 화각과 틈새를 조정하고 스마트폰으로 원격 조작할 수 있도록 설정하면 준비 완료다.

"후우…… 오래 기다렸지, 시노미야. 시작해도 될까?"

"네! 이미지 트레이닝은 완벽해요! 맡겨 주세요!"

거친 콧김을 내뿜으며 자신만만하게 대답하는 시노미야. 두 번 있는 일은 세 번도 있다는 속담처럼 불안하지 않다면 거짓말이다. 다만 이것으로 촬영도 세 번째다. 똑 부러지게 임하는 것도 중요하다.

나는 심호흡을 하고 마음을 진정시켰다. 그사이에 시노미야는 서 있는 위치를 조정해 준비를 마쳤다.

"언제든 시작할 수 있어요, 안노."

"알았어. 벗는 순서는 시노미야에게 맡길게. 그럼……
시작할까?"

알겠어요, 라고 중얼거리는 작은 목소리를 듣고 원격 조작으로 동영상을 촬영했다.

블라우스일까, 아니면 치마부터일까? 평소의 시노미야는 집에 돌아오면 어떻게 옷을 갈아입을까? 그 모든 것을 담기 위해 나는 카메라를 잡았다.

"……"

천천히 교복에 손을 대는 시노미야.

그녀가 먼저 제거한 것은 가슴에 있는 리본이었다. 그렇겠거니 납득하며 스르륵 풀려 그대로 바닥에 떨어지는 모습을 연사 모드로 촬영했다.

거침없이, 지극히 자연스러운 흐름으로 시노미야는 치마의 지퍼를 내렸다. 지이이익, 하는 금속음이 쓸데없이 크게 들렸다. 다음에 일어날 일을 상상하며 입속이 바싹 말랐다.

시노미야가 치마를 벗기 시작했다. 천천히 내리며 발을 뺐다. 그 별거 아닌 모습이 묘하게 요염했다.

길고 부드러우며 아름다운 다리. 훤히 드러난 팬티. 오늘 입은 그것은 지금 계절과 어울리지 않게 흐드러지게 만개한 벚꽃 빛깔. 가련하고 순결했다. 정말 잘 어울렸다.

쿵쾅, 쿵쾅, 하고 벌렁대는 내 심장과는 대조적으로. 시노미야는 태연한 모습으로 블라우스의 단추를 하나씩 천천히 풀었다.

이것은 촬영인 걸 알면서도 기대와 죄책감에 가슴이 부풀었다. 떨지 말라고 내 양손에 되뇌며 그 순간을 기다렸다.

『빨리 벗길 바라나요?』

그런 속삭임이 들렸다고 생각한 것과, 시노미야가 입가를 요염하게 끌어올리며 어깨에서 블라우스를 스윽 떨어뜨린 것이 동시였다.

티 없는 첫눈처럼 하얀 살결. 팬티와 같은 색, 벚꽃잎이 조화된 섬세한 무늬. 그것에 감싸인 잘 여문 매혹적인 과실. 처음 보는 것도 아닌데 심박수가 급격히 상승했다.

격통을 느낄 정도로 고동치는 심장. 산소를 갈구하며 입을 열었지만, 숨 쉬는 방법을 잊어버렸다. 그런데도 나는 음란한 반 친구의 모습을 기록하고자 사진을 계속 찍었다.

그렇게 애처로운 소년을 처음부터 알고 있었다는 듯 시노미야는 미소 지으며 몸을 문 쪽으로 돌렸다.

"——헉?!"

파인더 너머로 요염하게 미소 짓는 시노미야와 눈이 마주쳐 나는 놀란 나머지 엉덩방아를 찧었다.

이것은 연기다. 시노미야는 미리 정해 둔 시추에이션대로 할 뿐이다. 머리로는 알고 있는데 왜인지 정말로 엿보다 들켜서 당황하는 반응을 하고 말았다.

"어차피 볼 거면 더 가까이에서 봐도 돼요. 아니면…… 안노가 보고 싶은 건 옷 갈아입는 모습이 아니라 제 속옷 차림인가요?"

감미로운 목소리로 그렇게 말하며 시노미야는 네 발로 엎드려 다가왔다. 속옷에 감싸이고도 출렁거리는 두 언덕이 화면 가득 펼쳐졌다.

용기 내어 손을 조금만 뻗으면 닿을 수 있는 거리. 카메라 너머로도 전해지는 풍성한 향기와 감촉. 전생에서 얼마나 덕을 쌓으면 이것들을 손안에 넣고 독점할 수 있을까?

"……조, 좋았어! 교복을 벗는 장면은 이 정도로 하고 다음으로 넘어갈까!"

그런 생각을 하면서도 할 일을 마친 나는 즉시 일어나 시노미야에게 등을 돌렸다. 황급히 스마트폰을 조작해 동영상 촬영도 일단 정지했다. 몇 초만 늦었어도 이성이 죽는 사태가 일어났을 것이다.

"알겠어요. 다음은 옷을 입으면 되죠?"

"그건 그런데…… 옷 갈아입는 모습을 훔쳐본다는 걸 알아챈 느낌의 사진을 찍었으니, 구도를 바꾸지 않으면 이상할 거야……."

교복을 벗고 속옷 차림이 되었는데 시선을 알아챘다. 여기까지는 완벽했지만 설마 네 발로 엎드려 다가올 줄은 상상도 못 했다. 흡사 사냥감을 포착한 암표범 같은 아름다움과 요염함이 있어서 최고라는 말로는 부족할 정도로 좋은 사진을 찍을 수 있었다.

그 반면, 이대로 복도에서 엿보는 스타일로 계속 찍는 것은 시추에이션의 흐름상 무리가 있었다.

"방 안에 들어가서 찍으면 되는 거 아닌가요?"

고개를 갸웃거리며 뭘 고민할 필요가 있냐고 아주 당연한 듯 시노미야는 말했다. 말문이 막힌 나를 무시하고 그녀는 말을 이었다.

"훔쳐본다는 걸 알아챈 여자는 남자를 나무라기는커녕 손을 잡아 방으로 데리고 들어가요. 그리고 콧김이 거칠어진 그의 눈앞에서 천천히 옷을 입기 시작하죠. 이거라면 완벽하지 않나요?"

"……그, 그러게."

끽소리도 할 수 없다는 건 바로 이럴 때 쓰는 말이다. 애드리브를 이야기에 잘 녹여내며 위화감이 없는 구성으로 궤도 수정이 되었다. 구태여 염려되는 점을 꼽자면 속옷 차림인 시노미야가 옷 입는 것을 애태우며 놀리는 게 아닐까 하는 정도일까?

"그럼 그렇게 결정됐으니 얼른 이쪽으로 오세요!"

"잠깐, 잡아당기지 마! 조금 더 마음의 준비를 하게 해 줘!"

시노미야에게 손이 끌려 각오도 하기 전에 방 안으로 끌려갔다. 그대로 침대 근처 바닥을 가리키며 앉으라고 재촉했다.

지시받은 대로 나는 그곳에 정좌했고 시노미야는 그 바로 근처에 서서 요염하게 미소 지으며 나를 내려다보았다. 기분은 판결을 기다리는 피고인 그 자체였다.

"후훗. 왜 정좌했어요? 그 자세로는 사진도 찍기 어렵지 않나요?"

무의식인지 아니면 노린 것인지는 모르겠지만, 시노미야는 밀어 올리듯 가슴 밑에 팔짱을 끼고 큭큭 웃었다. 안 그래도 선정적인 속옷 차림이라 눈 둘 곳을 모르겠는데, 팔에 눌려 모양이 변한 것을 보여주자, 어디에 시선을 둬야 할지 알 수 없었다.

"아니, 그래야 할 것 같아서……."

"앗! 혹시 그건가요? 정좌해야만 할 이유가 있나요? 이를테면……."

그렇게 말하며 시노미야는 시선을 내 복부로 향했다. 그리고 몸을 웅크려 귓가에 얼굴을 들이대고 속삭였다.

"제 몸을 보고…… 흥분했나요?"

"──?!?!"

엄청난 돌직구에 내 입에서 소리 없는 비명이 나왔다.

시노미야는 정말로 소악마다. '속옷'이 아니라 '몸'이라고 말한 것도 악질이다. 나는 뒤로 물러났지만 금세 벽에 부딪혀 갈 곳을 잃었다. 이제 다 틀렸다. 그렇게 생각했지만 왜인지 시노미야는 더 이상 다가오지 않았고, 다가오기는 커녕 씩 웃으며 거리를 두었다.

"안노도 남자라서 안심했어요."

"……으, 응?"

"저를 보고 흥분한 거죠? 자신감을 잃지 않을 수 있어서 다행이에요."

그렇게 말하며 기쁜 듯 빙긋 웃는 시노미야. 빈 교실 사건 이후 시노미야의 살갗을 보는 건 이번이 다섯 번째지만, 그때마다 내가 얼마나 이성을 잃지 않으려 필사적인지 모르는 걸까?

"후훗. 안노의 흥분이 식기 전에 후반전으로 들어갈까요? 카메라를 드세요."

"아, 응…… 알았어."

촬영 페이스까지 시노미야에게 꽉 잡힌 데 탄식하며 카메라를 들고 옷장 카메라의 동영상도 촬영을 시작했다.

"언제든 시작해도 돼, 시노미야."

"알겠어요. 그럼 바로……."

그렇게 말하며 내게 등을 돌리고. 시노미야는 뒤로 손을 돌리더니 딸깍 후크를 풀고 어깨끈도 내려 그대로 스르륵 바닥에 떨어졌다. 그 일련의 흐름을 연사로 담을 수 있던 건 기적이었다.

훤히 드러난, 신이 창조한 조각처럼 유려한 등. 그것을 처음 보는 사람이 자신이고, 심지어 기록할 수 있다고 생각하자 몸이 뜨거워졌다.

찰칵. 찰칵. 찰칵찰칵. 기분 좋은 소리가 둘뿐인 조용한 방에 울려 퍼졌다. 두 번 다시 볼 수 없을 시노미야의 나신을 반쯤 무의식 속에서 촬영했다.

"몸을 좀 비틀어 볼래. 뒤돌아보는 미인 같은 이미지로."

"네, 알겠어요."

가슴은 손으로 가리고, 라고 내가 말할 것까지도 없이 시노미야는 가슴을 양손으로 가리며 빙글 돌아보았다. 내 요청에 태연히 대답했지만, 사실 얼굴은 빨갛게 물들인 채 부끄러운 듯 머뭇거렸다.

"아, 안노…… 아무래도 이건, 좀…… 부끄럽네요."

"움직이지 마."

몸을 배배 꼬는 시노미야에게 나는 작게 말하고 촬영을 이어갔다. 정면뿐만 아니라 좌우나 밑에서 올려다보기, 때로는 포스를 지시하며 그녀의 매력을 최대한으로 끌어내고자 최선을 다했다. 전에 없이 집중했다고 자신 있게 말할 수 있다.

"저기…… 제 몸에 몰두하는 건 좋지만, 스, 슬슬 옷을 입어도 될까요?"

"아, 미안해! 그럼 다시 뒤로 돌아서 옷을 입을까?"

"으음…… 알겠어요."

왜인지 토라진 듯한 목소리로 말하며 시노미야는 빙글 뒤돌아 침대에 가지런히 접어 둔 옷에 손을 뻗었다.

"웃……차."

귀여운 목소리를 내며 시노미야는 옷에 팔을 꿰었다. 정면이 어떤지는 모르지만, 등은 훤히 노출된 데다 길이는 허리 위까지밖에 오지 않았다.

이어서 하의를 입었다. 긴 다리를 집어넣고 엉덩이를 들어 올렸다. 그 별거 아닌 동작마저도 섹시했다.

"마지막으로……."

침대 끝에 앉은 시노미야는 몸을 내게 돌렸다. 그리고 보여주듯 다리를 올려 순백의 스타킹을 신었다. 나는 그 모습을 카메라 너머로 마른침을 삼키며 지켜보았다.

"……다, 다 갈아입었어요."

속옷 차림으로 도발하던 것과는 전혀 다르게 어딘가 불안한 듯 말하며 시노미야는 천천히 일어섰다.

"어, 어때요? 처음 입는 옷인데…… 잘 어울리나요?"

희귀한 수준이 아니다. 학교에서도, 촬영회에서도, 이렇게까지 자신감이 없는 시노미야는 처음 봤다. 그 모습에 눈길을 빼앗긴 나는 대답하기 전에 사진을 한 장 찍었다.

"앗! 왜 감상을 말하기 전에 찍는 거죠?!"

"미안, 미안. 주뼛거리는 시노미야가 너무 귀여워서 나도 모르게 손이 움직였어."

"귀, 귀엽?! 놀리지 마세요!"

얼굴을 새빨갛게 물들이고 외치는 시노미야. 그럴 생각은 눈곱만큼도 없고, 귀엽다거나 예쁘다는 말은 촬영 중에 수도 없이 했기에 이제 와 쑥스러울 것도 없을 텐데.

"아하하하…… 저기, 옷 말이지? 물론 잘 어울려. 길을 걸으며 열 명의 사람과 스쳐 지난다면 열세 명이 돌아볼 정도로 잘 어울려."

무슨 말인지 모를 테지만, 내가 하고 싶은 말은 지금 시노미야를 보면 모두가 매료되리라는 것이다.

그녀가 촬영을 위해 선택한 옷은 오프숄더. 그것도 데콜테와 가슴 언저리를 대담하게 노출한 디자인. 심지어 길이도 짧아서 배꼽과 배가 훤히 보인다. 이래서야 상반신을 똑바로 볼 수가 없다.

그렇다고 해서 시선을 밑으로 보내면 엄청나게 짧은 쇼트 팬츠에 무릎 위까지 오는 스타킹에 감싸인 아름다운 다리와 절대 영역이 있다.

귀여움과 섹시함의 완벽한 융합. 이전에 봤던 사복 스타일로 미루어 짐작건대 시노미야는 살갗 노출을 피하는, 청초한 옷을 좋아하는 줄 알았다. 그래서 그 간극에 나는 할 말을 잃은 것이지만.

"그러니까 무슨 말이 하고 싶은 거냐면, 시노미야가 입지 않을 것 같은 옷을 입어서 깜짝 놀랐다는 거야. 그게 또 잘 어울려서 더 놀랐고."

"제가 입지 않을 것 같은 옷…….. 역시 그렇게 생각하는군요……."

별 뜻 없이 말한, 칭찬의 뜻으로 뱉은 말에 왜인지 시노미야의 표정이 흐려지며 고개를 떨구었다.

"저기…… 시노미야?"

불편한 분위기가 감돌았다. 난감해하며 말을 걸자, 시노미야는 깜짝 놀라 이내 얼굴을 들었다. 웃음을 짓고 있지만 최대한의 허세라는 것은 두말할 나위 없었다.

"상상하던 것과 다르지만 안 어울리는 건 아니야. 오히려 아주 귀여워."

"안노의 말을 의심하는 게 아니에요. 그렇게 말해 준 건 정말 기뻐요. 다만……."

거기서 말을 끊고 시노미야는 입술을 꽉 깨물며 괴로운 표정을 지었다. 그리고 다시 입을 열려던 때 달칵, 하고 현관문 여는 소리가 들렸다.

"'응?'"

오늘은 아무도 오지 않는 거 아니었나? 그렇게 생각하며 시노미야 쪽을 보자 그녀 또한 갑작스러운 사태에 당황한 모습이었다.

"다녀왔습니다──! 누구 있어?"

밑에서 맑고 청량한 여성의 목소리가 들렸다. 그것을 들은 순간, 시노미야의 어깨가 움찔 떨렸고, 마치 공포를 견디는 듯 자기 몸을 양손으로 감싸 안았다.

"시, 시노미야? 지금 온 사람이 혹시⋯⋯?"

"어, 언니예요. 올 리 없는 언니가 온 모양이에요."

떨리는 목소리로 이야기하는 시노미야. 얼굴에서는 핏기가 사라져 창백해졌다. 객관적으로 보면 부모님이 안 계신 집에 같은 반 남자애를 초대해 방에서 사진 촬영──게다가 살갗 노출이 있는 차림으로──을 하는 것은 불건전하게 여겨질지도 모른다. 그렇더라도 시노미야의 반응은 조금 이상했다. 사고가 완전히 정지되었다.

"내가 어디 숨는 게 좋을까?"

"⋯⋯참, 그렇죠! 안노, 일단 어디에⋯⋯ 이불 속에 숨으세요! 제가 적당히 얼버무릴 테니 집에 가기 전까지는 거기서——."

"아니, 잠깐만?! 이불 속은 위험한데?!"

시노미야는 재기동된 모양이었지만 사고는 폭주했고, 나는 그녀의 손에 이끌려 그대로 침대에 밀려 쓰러졌다.

"리노아——? 혹시 친구 왔어?"

별일이네, 라며 어쩐지 기쁜 듯한 목소리와 함께 방문이 열렸다. 끝났다. 내 인생은 여기서 게임 오버다.

"……저기, 리노아? 이게 무슨 상황이지?"

곤란한 모습으로 묻는 방문자. 그 모습은 시노미야와 비슷하게 조화로웠고, 귀여움과 가련함 속에 시노미야에게는 아직 없는 성숙한 아름다움이 있었다. 여기가 길거리였다면 나도 모르게 숨 쉬는 것도 잊고 매료되었을 것이다.

"저, 저기…… 언니? 이건, 그게……."

나는 필사적으로 변명을 생각했지만, 슬프게도 말이 전혀 나오지 않았다. 애초에 내가 시노미야의 침대에 밀려 쓰러지고 그 위에 시노미야가 올라탔으니 변명할 사람은 내가 아니다.

"애, 리노아! 그건 내가 지난번에 잡지에서 입었던 옷이지?! 혹시 똑같은 걸 샀어?!"

"……뭐어?"

흥이 오른 언니와는 정반대로 시노미야의 목소리는 매우 냉담했다.

시노미야답지 않게 살갗 노출이 많은 옷이라고는 생각했지만, 모델인 언니가 착용했던 것이었구나. 납득이 갔다.

"아니야, 우언이야."

시노미야는 벌레라도 씹은 듯한, 가장 보여주고 싶지 않은 사람에게 들켰다는 듯한 표정을 지었다. 그런 그녀의 반응은 완전히 무시하고 시노미야의 언니는 성큼성큼 들어왔다.

"앗! 잡지도 샀잖아! 게다가 내가 실린 걸 모조리! 언니 기쁘다!"

흥이 올라 유성이 반짝이는 듯한 말투로 이야기했다. 시노미야와는 조금도 닮지 않았다. 시노미야를 조용히 빛나는 달이라고 한다면 언니는 이글이글 타오르는 태양일 것이다. 자매의 성격이 이렇게까지 다르다고?

"그건 그렇고, 리노아가 쓰러뜨린 남자는 누굴까? 혹시 이제부터 야한 짓을 하려고 한 건가?"

"야야야, 야한 짓이라니 당치도 않아요! 저와 시노미야는 그런 사이가 아니에요! 그렇지, 시노미야?!"

"네, 안노 말이 맞아요. 언니와 똑같이 취급하지 말아요."

필사적으로 변명하는 나와는 대조적으로 시노미야는 지극히 냉정하게 대답하며 내 위에서 내려왔다. 하지만 옆에서 보면 그 자세는 저속한 짓을 하기 일보 직전이었을 것이다. 아무리 반론한대도 무의미하겠지.

"리노아가 그렇게 말한다면 믿지 못할 것도 없지만⋯⋯. 그 전에 남자를 소개해 줄래? 그 사람은 리노아 남자 친구니?"

"아니에요. 안노랑 저는 그냥 같은 반 친구지, 사귀는 사이가 아니에요. 바로 연애로 얽지 말아요."

뭐랄까, 정말로 사귀지 않더라도 감정이 담기지 않은 목소리로 단언하니 조금 슬프네. 그보다 시노미야는 언니에게 너무 냉담하지 않나?

"아니, 집에 아무도 없을 때 자기 방에 데려와서 침대에 쓰러뜨려 놓고 '안 사귄다'는 건 무리가 있다고 이 언니는 생각하는데? 사귀지 않는다면 더더욱 말도 안 되는 일이지."

끽소리도 할 수 없는 말이었다. 이제부터 어떻게 변명하면 만회할 수 있을지 나는 전혀 알 수 없었다.

"안노를 침대에 쓰러뜨린 건 불가항력이에요. 갑자기 언니가 와서 깜짝 놀라는 바람에 숨기려고 했을 뿐이라고요."

어림도 없는 소리라는 듯 어깨를 으쓱이는 언니에게 시노미야는 변함없이 평탄한 목소리로 말했다. 그 사이에서 나는 우왕좌왕했다.

"이번에는 이불이 아니라 옷장을── 아니, 잠깐. 리노아 남친 후보 이름이 안노라고?! 혹시 그 안노 타쿠미?!"

"아, 네⋯⋯ 맞아요. 언니가 어떻게 안노의 이름을 알죠?"

당황한 모습으로 왜인지 내게 시선을 보내는 시노미야. 혹시 아는 사이냐고 눈빛으로 묻는 것 같아서 나는 온 힘을 다해 고개를 가로저었다.

"그렇구나. 네가 바로 소문이 자자한 유키 전속 카메라맨 탓군이구나. 설마 리노아랑 같은 반이었을 줄이야. 의외로 세상은 참 좁아."

씨이익 웃으며 거리를 확 좁히는 시노미야의 언니. 이런 점은 시노미야와 똑 닮았다. 달콤한 꿀 같은 향기가 나는 시노미야와 달리 언니 쪽은 상쾌한 감귤을 몸에 두르고 있었다. 그보다.

"저기…… 혹시 유즈하 씨를 아시나요?"

참고로 유키는 유즈하 씨의 본명이다.

"물론이지! 유키는 같은 대학에 다닌 선배였거든! 그런데 지금은 톱 코스플레이어가 됐으니 놀랍다니까!"

후배로서 자랑스럽지, 라며 시노미야의 언니는 크게 웃었다. 한 번 말하기 시작하면 멈출 수 없는, 마치 폭풍 같은 사람이구나.

"유키의 눈에 들다니 대단하네……. 아, 그래! 혹시 괜찮다면 나도 찍어 주지 않을래?"

"" ……네?""

나와 시노미야의 목소리가 또다시 겹쳤다.

"SNS에 올릴 사진을 찍는 게 늘 힘들거든. 유키에게는 내가 말해 둘게! 응? 부탁이야!"

제발, 이라며 양손을 합장하고 머리를 숙이는 시노미야의 언니. 아무래도 언니는 내가 유즈하 씨 말고 다른 사람을 찍는 걸 유즈하 씨가 싫어한다는 것까지는 모르는 모양이다. 다만 대학 후배라고 해도 유즈하 씨가 오케이 할 거라고는 생각하기 어려웠다. 그보다 나중에 내가 유즈하 씨에게 혼날지도 모르기 때문에 여기서는 정중하게 거절을——.

"안 돼요! 안노는 언니에게 넘기지 않아요!"

내가 입을 열기도 전에 시노미야가 내 팔을 꽉 안고 언니에게 송곳니를 드러냈다. 조금 전까지 냉담하던 모습은 온데간데없고 지금은 마치 원수와 재회한 듯한 반응이었다.

"응? 왜 안 돼? 안노랑 리노아는 딱히 사귀는 게 아니잖아? 그러면 나랑 안노가 단둘이 촬영한대도 리노아가 뭐라고 할 권리는 없지 않아?"

"그거랑 이건 다른 얘기예요! 안 되는 건 안 돼요!"

"나 참, 자기 마음대로네. 그런 태도를 보이면 안노가 정 떨어질걸?"

"아뇨, 딱히 그런 건……."

끄으응, 하고 신음하는 시노미야에게 뻔뻔한 미소를 짓는 언니. 마치 어른과 아이의 싸움 같았다.

"안노는 어때? 유키뿐만 아니라 다양한 사람을 찍는 게 공부가 될 텐데? 원한다면 내가 아는 프로 카메라맨을 소개해 줄 수도——."

"——뺏지 마."

언니의 말에 겹치듯 작은, 하지만 분명히 들리는 목소리로 시노미야가 중얼거렸다. 그리고,

"내게서 안노를 뺏지 마! 더 이상, 아무것도…… 내게서 소중한 걸 뺏지 말라고!"

시노미야는 눈물 섞인 목소리로 외쳤다. 너무나도 비통한 호소에 나는 곤혹스러웠다. 이 둘 사이에 무슨 일이 있었던 걸까? 그것을 말해 주듯 언니는 눈썹이 처진 채 미안한 듯 괴로운 표정을 지었다.

"나가……. 지금 당장 내 방에서 나가!"

"……응. 알았어."

미안해, 리노아. 그 말을 남기고 시노미야의 언니는 우리에게 등을 진 채 조용히 방을 나갔다. 그 뒷모습은 아주 작아 보였다. 분위기가 무거웠다.

내 팔에 달라붙은 시노미야의 몸은 아직 잘게 떨렸지만, 어떻게 하면 좋을지 알 수 없었다. 그런 내가 한심했다.

그 뒤 머지않아 달칵, 현관문이 열리는 소리가 났고 재차 넓은 집에 시노미야와 단둘이 남았다.

"미안해요, 안노. 기껏 마련한 촬영회를 망쳤네요."

인기척이 사라진 뒤 마침내 진정된 시노미야는 한 번 크게 한숨을 쉰 뒤 쓴웃음을 지었다.

"뭐, 잘 안되는 날도 있는 거지. 아직 시간은 있는데 어떻게 할래? 계속, 할래?"

애써 냉정하게. 나는 대답이 빤한 질문을 했다. 이 정도 말밖에 생각나지 않았다. 아니나 다를까 시노미야는 고개를 붕붕 가로저었다.

"……알았어."

나는 그렇게 한마디 한 뒤 옷장에 넣어 두었던 카메라를 회수해 철수할 준비를 시작했다. 언니와의 관계를 물을 용기는 없었다.

"한심하죠? 언니가 입었던 것과 똑같은 옷을 입으면 조금은 변할 수 있을까 싶었는데……. 아무리 겉모습을 흉내 낸대도 저는 여전히 저네요."

"시노미야……?"

"오늘은 감사했어요, 안노. 이러니저러니 말은 해도 제 고집에 네 번이나 어울려 줘서 감사해요."

"……고집이라기보다 협박이었지만."

"후훗. 확실히 그랬죠. 원인을 따지자면 제 행위를 몰래 찍은 안노가 잘못했지만요."

여느 때와 마찬가지로 시노미야는 나를 놀리며 웃었지만, 거기에 힘은 없었다. 짧은 시간이었지만 억지로 기운을 낸다는 걸 알 수 있었다. 그래서 나는 애써 밝게 행동했다.

"다음 촬영은 어떻게 할까? 큰맘 먹고 야외 로케에 도전해 볼까? 아니면 사장님에게 부탁해서 스튜디오를 빌리는 건 어때?"

"……아니요. 이제 충분히 찍었으니 괜찮아요. 더 이상은 안노에게도 민폐일 테니까요."

"딱히 그렇지는……."

민폐일 건 없다. 앞으로도 찍게 해 주길 바랐다. 내가 그렇게 말하려는데 시노미야의 손가락이 스윽 뻗어와 내 입에 닿았다.

"지금까지 찍은 사진 편집 작업도 해야 하잖아요? 완성되기를 기대하고 있을게요."

조심해서 가세요, 라며 자애롭게 천사 같은 미소를 지었지만, 나를 배웅하는 시노미야의 얼굴에는 미안함과 한심스러움, 그리고 후회가 뒤섞여 있었다.

그리고 이날 이후 시노미야기 촬영을 요청하는 일은 없었다.

제6화 인연은 의외로 가까운 곳에 뒹굴고 있다

시노미야네에서 촬영한 지 며칠이 지났다.

마지막엔 시노미야 언니와 충돌이 있긴 했지만, 촬영회 자체는 성공적이었다. 그 증거로 교복을 한 장씩 벗을 때의 포즈나 표정은 네 번째라고 생각할 수 없을 정도로 근사했다. 그야말로 지금 당장 모델로 데뷔한다면 즉시 정점에 설 수 있는 수준이었다.

옷장 속에서 촬영한 일련의 모습을 담은 동영상도 확인했는데, 엿봐서는 안 될 것을 보았다는 부도덕한 감각이 느껴졌기에 시노미야에게는 '잘 찍히지 않았다'고 설명하고 데이터 파일 깊숙이 봉인했다. 삭제하지 못한 것은 내 마음이 약했기 때문이다.

"좋은 아침이에요, 안노."

"좋은 아침, 시노미야."

시노미야와 언니의 갈등을 목격했지만, 시노미야 자신은 지금까지와 다르지 않아 보였다. 등교하자 인사도 해줬고, 반 친구들과도 즐겁게 담소를 나누었다.

다만 차이점은, 지금까지 촬영이 끝나면 바로 했던 다음 일정 확정이 없었다는 정도.

네 번째 촬영회가 정해지지 않았다는 말인즉, 협박 관계

가 종료되었다고 보고 안도해야 할지도 모른다. 하지만,

『더 이상, 아무것도…… 내게서 소중한 걸 뺏지 말라고!』

내 머릿속에서 비통하게 외치던 시노미야의 얼굴이 떠나지 않았다. 언니에게 그렇게까지 말한 이유는 무엇일까? 지난 며칠간 답이 없는 문제를 내내 생각했다.

"타쿠미, 잠깐 나 좀 봐."

방과 후. 짐을 싸고 하교하려는데 웬일로 험악한 표정을 지은 아라타가 보기 드물게 우격다짐인 어투로 말을 걸었다.

"……또 시노미야에 관한 일이라면 거절할게."

"맞아. 그러니까 입 다물고 따라와."

너무나도 진지한 아라타의 표정에 나는 아무것도 묻지 못한 채 고분고분 아라타의 뒤를 따라 교실을 나섰다.

참고로 옆자리 여학생은 HR 시간이 끝나자마자 한마디도 없이 재빨리 하교했다. 심지어 그녀 집에서 촬영한 이후로 아침과 하교 때 가볍게 인사는 나누지만 그 이상의 대화는 없었다. 당연히 놀림당하는 일도.

"야, 타쿠미. 단도직입적으로 묻겠는데, 시노미야랑 무슨 일 있었지?"

끌려온 곳은 점심시간에 밀회하던 옥상. 구름 한 점 없는 오렌지색의 아름다운 저녁놀을 함께 바라보는 사람이

시노미야가 아닌 게 아쉬웠다.

"이게 몇 번째야? 그만 좀 해라. 나랑 시노미야는 딱히 너희가 방해할 만한 사이가 아니라고."

"너 그 말 진심이야? 너랑 시노미야가 사이좋은 건 모두가 아는 사실이야. 설마 몰랐다고는 하지 마라."

"……노코멘트."

시선을 피하며 내가 대답하자 아라타는 하아아아, 하고 어깨를 움츠리며 요란한 한숨을 쉬었다.

"너랑 시노미야가 가끔 옥상에서 점심시간을 같이 보내는 걸 정말 아무도 몰랐다고 생각해? 너랑 시노미야가 교실에서 속닥거리는 걸 눈치 못 챘을 것 같아? 너랑 시노미야가——."

"알았어! 알았으니까 그만 말해!"

친구의 추궁에 나는 재빨리 백기를 들었다. 세심하게 주의를 기울였지만 역시 학교 안에서 접촉하면 소문이 퍼지는구나.

"너는 그렇다 쳐도 시노미야는 눈에 띈단 말이야. 웃으며 폴짝폴짝 뛰어 계단을 올라간다면 더더욱 그렇지."

"그야 그렇겠지."

나도 모르게 머리를 감쌌다. 그 귀여운 모습이 눈앞에 아른거렸다. 조금은 감정을 감추는 노력을 해 줘, 시노미야.

"그 뒤에 두리번두리번 경계하며 옥상으로 가는 너를 본다면 누구나 눈치채지."

이어서 아라타는 교실에서 나눈 대화에 대해서도 언급했다. 다만 이것들은 아무리 주의를 기울이고 감추려 해도 앞이나 옆에 앉아 있는 사람이 있으니 들키지 않을 수 없다.

"그래서. 일부러 방과 후에 불러내서 내게 뭘 묻고 싶은 건데?"

"그야 당연히 너랑 시노미야가 사귀냐 마느냐지!……라고 말하고 싶지만 그게 아니야. 그런 건 시노미야를 보면 아니라는 걸 누구나 알 수 있으니까."

깜짝 놀랐다. 당연히 그걸 물을 거라고 생각했다. 하지만 아니라면 굳이 불러낸 이유가 뭐지?

"내가…… 아니, 우리가 알고 싶은 건 시노미야에게 기운이 없는 이유야."

"…………."

"야, 타쿠미. 너라면 짐작 가는 게 있지 않아? 이 학교에서 누구보다 시노미야와 거리가 가까운 너니까."

아라타는 화난 것이 아니다. 굳이 따지자면 곤혹스러워한다고 말하는 게 옳을 것이다. 그리고 이것은 이 녀석만이 품고 있는 감정이 아니라, 아마 이 학교에 있는 시노미야 리노아 팬들 모두의 의견일 것이다.

"얼마 전에 시노미야가 좀 달라졌다고 이야기했던 거 기억해? 그에 관해 본인에게 물어본 애가 있어."

"미소가 귀여워졌다느니 더 요염해졌다는 소리 말이지? 그걸 본인에게 물어보다니, 용자네."

맞아, 라며 아라타도 쓴웃음을 지었다. 그 자리에서 한 번 부정했던 것을 본인에게 직접 물어보는 건 용기가 필요하다. 호기심은 고양이를 죽인다는 속담을 말해 주고 싶다.

"그때, 시노미야가 뭐라고 대답한 줄 알아? '요즘, 몰랐던 저를 여러모로 알게 돼서 매일 즐거워요' 하면서 웃었대. 본 적이 없을 정도로 귀여웠다고 덧붙였지."

"……그래? 그거 다행이네."

이야기를 듣고 안도했다. 그녀가 바라던 '내가 모르는 나를 알고 싶다'를 이룰 수 있었구나.

"야, 타쿠미. 지금 네가 어떤 표정인지 알아? 그렇게 기뻐 보이는 얼굴은 처음 봐."

크게 한숨을 쉬며 어깨를 으쓱거리는 아라타. 그렇게 뺨이 느슨해졌나? 공교롭게도 손에 거울이 없어서 확인할 방법은 없었지만.

"내 얘긴 됐어. 보아하니 기운 없는 이유를 시노미야에게 물어본 애도 있는 거지?"

"감이 좋네. 맞아. 시노미야가 뭐라고 했는지 알아?"

모르겠다. 왜 시노미야가 침울해졌는지 나는 전혀 짐작이 되지 않았다. 이를 꽉 깨문 나를 보고 아라타는 재지 않고 답해 주었다.

『그 사람에게 다른 뜻이 없다는 건 알고 있는데…… 그 사람이라면 제가 어떤 모습이든 있는 그대로의 저를 봐 줄 거라 기대하고 혼자 침울해졌어요……. 정말 한심한 여자죠?』

"울 것 같은 미소를 지으며 말했대. 너라면 이 말이 무슨 뜻인지 알지 않을까?"

"……그래. 알아."

시노미야가 입은 옷을 보고 말했던 감상에 거짓은 없다. 다만 그것이 그녀에게 상처를 주는 결과가 되었을 줄이야. 말하지 않으면 알 수가 없다.

"야, 아라타. 시노미야 언니에 대해서 뭐 아는 거 있어?"

"현역 톱 모델인 시노미야 아리스 씨 말이구나? 당연히 알고 있지. 다만…… 자매 사이는 별로 좋은 것 같진 않지만."

"역시 그렇구나……."

"언제였는지는 잊어버렸지만, 굳이 잡지를 가져온 바보가 있었어. 그랬더니 그전까지 웃으며 얘기하던 시노미야의 얼굴이 순식간에 흐려지며 '언니 얘기는 하지 마세요'라고 말했다고 들었어."

하지만 언니를 싫어하는 것 같지는 않다. 굳이 따지자면 콤플렉스에 가까운 느낌이 든다. 어쩌면 시노미야가 '내가 모르는 나를 알고 싶다'고 말한 건 이게 원인인가──?

"여하튼 시노미야에게 힘을 줄 수 있는 사람은 너밖에 없어! 시노미야 리노아 팬클럽 최장으로서는 열 받지만……부탁한다, 타쿠미!"

"……너, 언제 그렇게 기특해졌냐?"

"그야 당연히 처음부터 그랬지. 아무튼 내가 팬클럽을 만들었으니까."

생각지도 못했던 친구의 위치와 밝혀진 충격적 사실에 나는 할 말을 잃었다. 물론 놀랍다는 의미가 아니라 질렸다는 의미로.

"이번 일도 내가 뒤에서 손을 썼으니 무사히 끝난 거야. 내가 말리지 않았다면 지금쯤 어떻게 됐을지……."

"그래…… 고맙다, 회장."

"그러니 얼른 화해든 뭐든 하고 와! 그래서 시노미야의 밝은 미소를 되찾으라고! 알아들어?!"

"여러모로 고맙다, 아라타."

아라타와 친구가 되길 잘했다. 진심으로 그렇게 생각하며 나는 시노미야와의 관계를 회복할 방법을 고민했다.

*****

시노미야와 나의 관계를 어떻게 할까? 그 답은 간단, 아니, 하나밖에 없기에 연락해서 일정을 정하면 그만이지만,

그것과는 별개로 전부터 정해진 일은 해야만 한다.

"안녕하세요……."

"어서 와!! 기다렸어, 타쿠미!"

문을 열자마자 한 여성이 활짝 웃으며 뛰어들었다. 완전한 습격이지만 이미 익숙했다. 이렇게 나올 줄은 각오하고 있었기에 다리에 힘을 주고 단단히 버텼다.

"우후훗. 제대로 안아 줘서 고마워, 타쿠미."

"늘 말하지만, 갑자기 안기지 마세요, 유즈하 씨. 다양한 의미로 심장에 너무 안 좋아요."

"늘 말하지만, 타쿠미가 귀여운 게 잘못이야! 언제쯤 나랑 같이 살아 줄 거야?"

가슴을 꽉 누르듯 밀착해 뺨을 비비며 남자 고등학생에게 벌써 몇 번째인지 알 수 없는 동거를 제안하는 미녀.

여기만 떼어 놓고 보면 너무나도 위험한 사람이지만, 그녀는 현재 코스플레이어 업계에서 이름을 모르는 사람이 없을 정도의 유명인이다.

SNS의 총 팔로워 숫자는 50만 명이 넘고, 최근에는 어린 시절부터 피아노와 노래 레슨을 받은 경험을 살려 애니메이션 엔딩곡도 담당한 업계의 스타다.

닉네임 '유즈하', 본명은 유즈리하 유키.

어깨 길이로 반짝반짝 빛나는 황갈색 머리카락. 세로로 긴 눈동자에 야무진 눈꼬리에는 강한 의자와 사랑스러움이 내포되어 있다. 오뚝한 콧날과 같은 인간이라고는 생각할 수 없는 수려한 용모는 여신의 현신이라고 해도 과언은 아니다. 허리는 잘록하지만, 나올 곳은 나왔으니 놀랍다.

그런 사람에게 안겨 상쾌한 감귤향을 가까이에서 맡으면 이성이 날아갈 테지만, 아무래도 이제 익숙했다.

"애초에 타쿠미. 이것도 늘 하는 말이지만, 촬영하지 않을 때는 '유즈하'가 아니라 경애와 친애와 정열을 담아 '유키 씨'라고 부르랬잖아."

왜 안 불러주는 거야? 하고 양손을 내 어깨에 얹으며 진지한 표정으로 멍청한 질문을 했다.

"코스플레이어의 멘탈 관리도 카메라맨의 일이잖아? 자, 얼른! ASAP! 불러주지 않으면 오늘 촬영은 망할 거야. 그래도 괜찮아?"

카메라맨은 그런 일을 하지 않는다고 마음속으로 태클을 걸었지만, 이렇게 된 이상 유즈하 씨를 방치할 수도 없었다. 조만간 발을 동동 구를 테고, 결국 소파에 토라져 누울 것이다. 이건 추측이 아니다. 경험에 바탕을 둔 확정된 미래다.

"하아…… 누누이 말했지만, 유키 씨와 같이 살 수는 없어요. 최소한 고등학교는 졸업해야죠……."

"뭐어?! 사소한 건 신경 쓰지 않아도 되잖아! 지금도 거의 혼자 사는 거나 마찬가지니까 누군가랑 같이 사는 게 부모님도 더 안심하실 거야! 원한다면 내가 아버님과 어머님께 연락해서——."

큰일 났다. 유즈하 씨의 눈이 완전히 충혈됐다. 콧김도 거칠어졌고, 이대로라면 무슨 짓을 당할지 알 수 없다. 누가 좀 살려 줘.

"——자! 스톱, 유키. 사랑스러운 탓군이 오랜만에 찍어준다고 너무 흥분했어."

좀 자중해, 라며 유즈하 씨의 머리에 가차 없는 당수를 내리꽂으며 목을 잡고 내게서 떼어내 준 사람은 『이모션』의 사장님인 우에즈 씨였다.

"……뭐 하는 거예요, 우에즈 씨? 지금 타쿠미와 중요한 이야기 중이었다고요. 방해하지 말아 주실래요?"

"유감이네! 내 눈에 흙이 들어가기 전에는 가게 안에서 불순한 이성 교제는 절대로 인정 못 해. 그런데도 탓군을 꼬시겠다면 출입 금지가 될 각오를 하도록 해."

그렇게 말하며 몸을 뒤로 젖히는 우에즈 사장님에게 분한 듯 이를 꽉 깨물며 신음하는 유즈하 씨.

"끌어안고 탓군을 충분히 충전했잖아? 그럼 얼른 옷 갈아입고 촬영 준비해."

"하아…… 알겠어요. 그럼 타쿠미. 다녀올 테니 기다려."

"다녀오세요. 그사이에 저도 준비할게요."

"……마지막에 다시 한번 안아도 될까?"

"······유키?"

뒤에서 악마의 환영을 띤 사장님의 압력에 두 번째 포옹은 저지되어 나의 순결은 지켜졌다. 나는 한숨을 쉬며 캐리어에 넣어 온 기자재를 꺼낸 뒤 촬영 준비를 진행했다.

참고로 내가 온 곳은 우에즈 사장님이 경영하는 스튜디오였다. 점포 2층에 있는 간이 공간과는 달리 이쪽은 세팅도 완벽해 상상하던 시추에이션에 적합한 촬영이 가능했다.

그리고 오늘의 목적은 여름에 개최되는 초대형 즉석 판매회 이벤트에서 판매하기 위한 사진집 제작이다. 신간으로 판권 코스프레 책과 창작 책 두 권을 낼 예정이라는 모양인데, 유즈하 씨는 인기가 많아 다양한 이벤트에서 잘나가기 때문에 할 수 있을 때 촬영을 마치고 싶다나 보다. 나로서도 다급하게 연일 밤을 새워서 편집 작업을 하지 않아도 되기에 아주 좋았다.

자신만만한 미소로 탈의실에서 유즈하 씨가 나왔다. 그 모습은 애니메이션으로도 만들어진 대인기 라이트노벨의 외국인 히로인의 교복 차림. 황갈색 머리카락과 대조적인 색깔의 머리 색은 가발로 재현했고, 거기에 화장도 해 이차원 세계에서 튀어나온 듯했다. 완벽하다고 해도 지장 없을 재현도에 나도 모르게 숨을 삼켰다.

"오랜만에 여고생 캐릭터 코스프레인데 어때?"

"그건 뭐······ 아주 잘 어울려요. 최소한 같은 고등학교에

대변신♡

다니지 않아서 다행이라고 생각해요."

"으응? 그게 무슨 뜻일까? 자세히 말해 볼래?"

내 감상에 납득이 안 되는지 유즈하 씨는 몸을 불쑥 들이대며 추궁했다. 토라졌는지 뺨을 볼록 부풀린 게 너무 귀여워서 똑바로 볼 수가 없었다.

"마, 말 그대로예요. 이렇게 귀여운 사람이 같은 반, 같은 학교에 다니면 수업에 집중할 수 없을 것 같아요."

그만큼 학교생활은 즐겁겠지만, 하고 마음속으로 덧붙였다. 절세와 최고가 동시에 붙는 미녀와 같은 반이 된다면 더더욱 그렇다. 옆자리에 앉기라도 하는 날에는 남녀를 불문하고 원한을 살 것이다.

"그 말은 나한테서 눈을 뗄 수 없어서 힘들다는 뜻일까? 나 참, 타쿠미는 정말 나를 좋아하는구나. 오늘부터 같이 살지 않을래?"

진지한 눈빛으로 내 손을 양손으로 감싸듯 잡는 유즈하 씨. 마치 구혼받는 것 같아서 심장이 크게 뛰었다.

"이래 봬도 난 열심히 벌고 있으니 타쿠미 한 명 정도는 여유롭게 먹여 살릴 수 있어. 안심해도 돼!"

"그, 그런 걸 걱정하는 게……."

"앗! 혹시 자립한 어른이 되고 싶은 거야? 타쿠미는 충분히 자립했잖아? 아니면 소중한 사람은 자기 힘으로 먹여 살리고 싶어? 하여튼…… 정말 멋지다니까."

황홀한 얼굴로 유즈하 씨는 몸을 배배 꼬았다. 당연히 나는 아무 말도 하지 않았다. 이것들은 전부 망상, 나는 그렇게 훌륭한 남자가 아니다.

"이거야 원. 잠시 눈을 떼면 금세 이렇다니까⋯⋯. 아무리 그래도 탓군을 너무 사랑하는 거 아니야?"

곤혹스러워하는 나를 또다시 구해준 건 걱정을 넘어 고개를 절레절레 젓는 우에즈 사장님이었다. 다행이다. 이제 도망칠 수 있다.

"무슨 말씀이세요, 사장님. 타쿠미 같은 남자는 쉽게 만날 수 없다고요."

"뭐⋯⋯ 그건 일리 있는 소리네."

거기선 강하게 부정해 줘요, 사장님. 나는 그렇게까지 대단한 남자가 아니다. 그보다 어느샌가 유즈하 씨에게 꽉 안겨 있었기에 밀만 하지 말고 빨리 구해줬으면 좋겠다.

"언제 어디서 매가 날아와서 채갈지 몰라. 그러니까 내가 지켜줘야지⋯⋯!"

"하지만 유키. 뭐든 과유불급이야. 때로는 새장에서 꺼내 줘야지. 게다가 탓군의 재능은 많은 사람이 알아야 하지 않겠어?"

"그건 그렇지만 아직 일러요! 최소한 저와 결혼을 전제로 한 교제를 시작한 뒤여야 해요⋯⋯!"

"⋯⋯이건 중증이네."

요란한 한숨을 쉬는 우에즈 사장님. 포기하지 말아요. 당신이 포기하면 누가 이 상황을 타개하나요. 이대로라면 촬영을 시작할 수 없을 것이다.

　"그럼 어쩔 수 없지. 그런 유키에게 최고의 정보를 알려 줄게. 탓군이 유키 말고 다른 애와 개인 촬영 중이야. 게다가 아주 귀여운 소녀지."

　"사장님——?! 그건 유즈하 씨에게 비밀로 해 달랬잖아요?! 왜 말씀하시는 거예요?!"

　"……무슨 소리야, 타쿠미?"

　유즈하 씨의 표정에서 빛이 사라졌다. 화를 내든 살기를 띠는 편이 나을 정도였다. 감정이 없는 게 가장 무섭다.

　"시노미야 리노아라고 해. 유키에게 뒤지지 않는 미모의 주인공이었어. 그렇게 귀여운 반 친구와 단둘이 촬영회를 하면 무슨 일이 일어난대도 이상할 게 없지."

　그렇게 말하며 히죽히죽 사악하게 웃는 우에즈 사장님. 유즈하 씨의 기분이 더욱 나빠진 듯했다. 이대로라면 교살될 것이다.

　"말해 두겠는데요, 시노미야랑은 아무 일도 없었어요?! 믿어 주세요, 유키 씨!"

　"내가 어리석었어. 언젠가 이런 날이 오지 않을까 했는데 이렇게 빨리 올 줄이야……! 이럴 줄 알았으면 다소 억지로라도 우리 집에 가둬 뒀어야 했어."

슬프게도 내 말은 전해지지 않았다. 분한 듯 입술을 짓씹으며 중얼중얼 흉흉한 말을 중얼거리는 유즈하 씨. 세간에서는 그걸 감금이라고 한다며 마음속으로 태클을 걸었다.

"애초에 시노미야랑 무슨 일이 있을 정도라면 진즉에 제정조는 유키 씨 거였을 거예요……."

"아하하핫! 탓군 말이 맞아! 리노아에게 손을 댈 정도라면 유키와 난잡한 관계가 됐겠지!"

"죄송하지만 입 좀 다물어 주실래요, 사장님?!"

믿을 만한 내 편이라고 생각했던 사람이 실은 최대의 적이었다. 팀킬은 피해야지 팀킬은!

"지금부터도 늦지 않았겠지? 타쿠미의 처음은 내가──아니, 잠깐만. 누구랑 촬영한다고?"

"시노미야 리노아요. 딱히 사귀는 건 아니에요. 바로 옆자리인 그냥 같은 반 친구죠."

"……저기, 타쿠미. 그 리노아라는 애 말인데, 혹시 시노미야 아리스 동생이야?"

돌변해서 진지한 얼굴로 유즈하 씨가 물었다. 그러고 보니 유즈하 씨는 대학 선배라고 했지? 세상은 내가 생각하는 것보다 훨씬 좁구나.

"맞아요. 언니랑 닮아서 아주 예쁘고 귀여운 애예요. 유키 씨는 시노미야 아리스 씨와 대학 때부터 아는 사이시죠?"

내 질문에 유즈하 씨는 뚱하게 대답했다.

"응, 맞아. 몇 번인가 같이 코스프레한 적도 있어. 설마 타쿠미랑 아리스 동생이 아는 사이였을 줄이야. 재미있는 인연이네."

"시노미야를 아세요?"

"안다고 할 정도는 아니야. 대학생 때 아리스는 동생을 너무 사랑하는데 좀처럼 본가에는 갈 수가 없으니 만나지 못해서 쓸쓸하다고 했거든."

"집에 못 간다고요? 자기 집인데요?"

그럼 얼마 전의 조우는 부모님이 안 계실 때를 노려서 왔다는 건가? 하지만 시노미야의 반응을 보자면 언니를 별로 좋게 생각하지 않는 듯했다. 그런데 언니는 동생인 시노미야를 사랑하지만 집에는 갈 수 없다니. 음, 뭐가 뭔지 모르겠다.

"그건 민감한 화제이니 쉽게 말할 수 없어. 그보다! 잡담은 그만하고 슬슬 촬영을 시작하자! 시간은 한정되어 있다는 걸 잊지 마."

"그래. 자세한 이야기는 끝난 뒤에 할까? 타쿠미, 오늘도 잘 부탁한다."

"……알겠어요. 맡겨 주세요."

나는 심호흡을 하고 마음을 전환했다. 시노미야 자매 일은 신경 쓰이지만, 우선은 눈앞에 있는 유즈하 씨에게 온 신경을 집중하자.

"하아…… 역시 카메라맨은 타쿠미가 최고야. 그나저나 개인 촬영은 편하지? 관계자도 적어서 차분하게 촬영할 수 있으니까."

모든 촬영이 끝나고 사복——캐주얼한 바지 스타일—— 으로 갈아입은 유즈하 씨는 소파에서 축 늘어진 고양이처럼 쉬고 있었다.

"수고했어, 유키. 오늘 하루만 네 벌을 촬영했으니 꽤 무리했네."

"여유 부리다가는 순식간에 여름이 될 테니, 할 수 있을 때 해 둬야 해. 사장님이랑 타쿠미에게는 민폐를 끼쳐서 죄송하지만."

"저는 딱히 민폐라고 생각 안 해요. 다양한 유즈하 씨를 찍을 수 있어서 오히려 감사할 정도예요."

유즈하 씨를 찍고 싶은 카메라맨은 이 업계에 차고 넘친다. 이벤트에 참가하면 인파가 형성되고, 촬영회에 참가하고 싶으면 격전에 승리해 한정된 자리를 획득해야 한다.

그런 사람과 이따금 개인 촬영을 하며, 심지어 사진집 제작을 맡을 수 있는 건 카메라맨으로서 더할 나위 없는 행복이다.

"그건 내게 에둘러 사랑 고백한 거라고 해석해도 될까?"

"당연히 안 되죠."

어느 틈에 부활했는지 유즈하 씨가 뒤에서 꽉 끌어안았다. 틈만 나면 밀착 & 구애하지 좀 말았으면 좋겠다. 이래서야 일에 전혀 진척이 없다.

"정말이지, 여전히 모든 사진이 좋네. 그만큼 엄선하기 힘들지 않아, 탓군?"

"확실히 모든 유즈하 씨가 멋지네요. 하지만…… 저는 좋아요. 이 중에서 최고의 한 장을 찾는 시간이."

순간의 아름다움을 놓치지 않고 영원히 기록한다. 대량으로 촬영한 사진 중에서 그것을 발견했을 때의 기쁨은 무엇과도 바꿀 수 없다. 이를테면 운명의 사람을 발견한 듯한 감각이다.

"하아…… 탓군, 너는 정말로 죄 많은 남자야. 그런 얼굴을 다른 사람 앞에서 아무렇지도 않게 보여주지 마. 유키 같은 피해자만 늘어날 테니까."

"우에즈 씨 말이 맞아, 타쿠미. 나 말고 다른 사람에게 그런 얼굴을 보여주면 안 된다? 가령 상대가 아리스 동생이라고 해도."

"잊어버릴 뻔했네요. 아리스 씨는 시노미야── 리노아에 대해 뭐라고 말했나요?"

"아, 동생 말이지? 끔찍이 아꼈지. 눈에 넣어도 아프지 않다는 말은 이럴 때 쓰는 거란 걸 난생처음 알았다고 말했을 정도야."

요컨대 유즈하 씨가 아리스 씨와 알게 된 건 5년 전. 대학에서 같은 강의를 듣게 되었고, 거기서 말을 걸어 와 곧장 의기투합했다고 한다.

"아리스는 천진난만하고 생기발랄한…… 자유가 사람으로 태어난 듯했어. 소위 태양 같은 사람이었지."

학교에서 시노미야는 모두의 중심에 있지만 진정으로 마음을 열지는 않았다. 밝은 미소 뒤에 있는 고요함. 역시 언니가 태양이라면 동생은 달인가?

"덕분에 여러 곳에 끌려다니느라 힘들었지. 뭐, 아리스 덕분에 코스플레이어로서 활동하게 되었지만."

"네? 유즈하 씨가 코스프레를 시작한 계기가 아리스 씨였나요?"

"응, 맞아. 관심은 있었지만, 당시에는 사람과 얽히는 게 어렵고 불편해서 좀처럼 발을 내디딜 수가 없었어. 그런 내 손을 끌어 준 게 아리스였지."

SNS에 업로드하는 걸 포함해서 많은 걸 지도해 준 것도 아리스 씨였다고 유즈하 씨는 말했다. 사진이 웹상에서 화제가 되고, 일약 톱 코스플레이어의 반열에 올랐을 때 나와 만났다.

그에 반해 아리스 씨는 재학 중에 모델로 스카우트되어

착실히 스타로 가는 계단을 올라가고 있다고 한다.

"그러니 타쿠미랑 만날 수 있었던 건 아리스 덕분이라고 해도 과언은 아니지."

"그랬군요……."

뜻밖의 인연에 나는 깜짝 놀랐다. 이렇게 유즈하 씨를 찍을 수 있었던 건 아리스 씨 덕분이라는 건가? 언제 어디에서 인연이 이어질지 모르는 거구나.

"그래서 그 동생 말인데. 리노아가 너무 좋아서 참을 수가 없다고 했어. 아리스가 대학에 들어가기 전까지는 같이 잘 정도로 사이좋았다나 봐."

"……정말인가요?"

언니에 대해서는 말의 압박이 강해지며 "방에서 나가!" 라고 소리쳤는데 예전에는 그렇게 사이좋았구나.

"원인은 자기한테 있다고 했지만, 결국 그 이상은 알려주지 않았어. 이상, 내가 아는 시노미야 자매 이야기는 이게 다야! 참고가 됐을까?"

"……네, 감사합니다."

나밖에 모르는 나를 보고 싶은 이유. 잡지에서 언니가 입었던 옷을 입은 이유. 그 이유를 어렴풋이 알 것 같았다.

"뭐, 민감한 이야기니까. 파고들 거면 그 나름의 각오는 해야 해."

"알고 있어요. 무슨 일이 생기면 책임은 질 거예요."

"책임?! 잠깐, 타쿠미, 너 뭘 하려는 건데?!"

어깨를 잡고 마구 흔드는 유즈하 씨. 기껏 믿음직한 사람이라고 다시 본 참인데 순식간에 물거품이 되었다.

"이, 이상한 짓은 안 해요! 그보다 유즈하 씨. 마지막으로 하나만 더 물어봐도 될까요?"

"맹세할 수 있어? 야한 짓은 절대로 하지 않겠다고 내게 맹세할 수 있냐고? 그걸 할 수 있다면 스리 사이즈를 제외하고는 뭐든 답해 줄 수 있어."

"맹세해요. 그리고 그런 건 안 물어봐요. 제가 궁금한 건 유즈하 씨가 코스프레를 하게 된 계기랄까요……? 사람과 얽히는 게 싫었는데 정반대의 일을 지금도 하는 이유예요."

아리스 씨라는 계기가 있었다지만, 지속하기가 힘들지 않았을까?

"그런 걸 진지하게 생각해 본 적은 없지만…… 글쎄, 굳이 말하자면 이 일을 할 때가 제일 나를 표현할 수 있기 때문일까?"

촬영이 없는 날에는 집에서 뒹굴거리는 걸 좋아하는 집순이인 나. "유즈하"로서 밝게 행동할 때의 나. 둘 다 분명한 나지만, 카메라 앞에 선 순간에는 모든 것을 잊고 있는 그대로의 나로 있을 수 있다고 유즈하 씨는 말해 주었다.

"렌즈 너머에 비친 내가 타쿠미에게 어떻게 비치는지. 그게 답 아닐까?"

그 말에 나는 문득 깨달았다. 시노미야의 속마음—— 본심은 렌즈를 통해 물어보면 된다. 그것을 깨달은 나는 유즈하 씨에게 진심으로 감사했다.

"그건 그렇고 타쿠미. 오늘 시간 있어? 혹시 괜찮다면 우리 집에서 저녁 먹고 갈래? 물론 배달 음식이지만."

"아뇨, 그렇게까지 해 주시면 죄송하죠……. 사진 편집도 하고 싶고요."

촬영회 이후 뒤풀이에 참석하고 싶은 마음은 굴뚝 같고, 사춘기 남자로서 반가운 제안이기는 하지만, 나는 정중히 거절했다. 집에 가는 건 코스플레이어와 카메라맨의 적절한 거리가 아니다. 그리고 유명인인 유즈하 씨가 남자를 데려가는 모습이 SNS에 올라오기라도 한다면 120% 난리가 날 것이다. 그것만은 절대로 피해야 한다.

"매정하네……. 기껏 누나가 같이 있어 주겠다는데. 혼자 지내기 적적하지 않아?"

"괜찮아요. 계속 혼자 지냈더니 별로 적적하지 않아요."

"……네가 그렇다면 상관없지만. 무슨 일이 생기면 언제든 누나에게 의지해! 다 받아 줄 테니까!"

"알았어요. 그때는 잘 부탁드립니다."

한 번이라도 유즈하 씨에게 어리광을 부렸다가는 몹쓸 인간이 될 테니 절대로 안 된다. 시노미야와는 다른 의미로 독이 될 게 틀림없었다.

마지막엔 이렇게 시답지 않은 이야기를 하며 유즈하 씨와 나의 개인 촬영은 종료되었다.

집으로 돌아와 시노미야에게 뭐라고 연락할지 고민하는데 갑자기 모르는 번호로 전화가 걸려 왔다. 누구지, 하고 수상쩍게 생각하며 받아 보니 전화를 건 사람은——.

『여보세요. 안노 타쿠미 씨? 시노미야 아리스라고 해요.』
『지금 둘이 만나서 잠시 이야기를 나누고 싶은데…… 괜찮을까?』

시노미야의 언니인 아리스 씨였다.

*****

"갑자기 불러내서 미안해, 안노. 밤인데 시간은 괜찮아?"
시각은 밤 9시가 지났을 무렵. 나는 아리스 씨에게 불려나와 역 앞 카페에 와 있었다.
"괜찮아요. 부모님은 업무차 해외에 계셔서 집에는 저밖에 없거든요."
그렇게 말하며 나는 아이스 커피를 주문했다.

솔직히 말해서 시간보다 오늘 하루 촬영을 한 피로가 더 문제였지만, 그런 말을 하는 건 하수다. 오히려 나로서도 아리스 씨와 이야기해 보고 싶었기에 피곤한 몸에 채찍질하며 여기에 온 것이다.

"그렇구나. 유키한테 듣긴 했는데, 정말로 혼자 사는구나. 아직 고등학생인데 야무지네."

그렇게 말하며 미소 짓는 아리스 씨는 처음에 집에서 만났을 때의 천진난만한 모습은 온데간데없었고, 마치 학교에 있을 때의 시노미야처럼 얌전했다. 그 분위기에 매료되지 않도록 나는 심호흡을 한 번 한 뒤 재빨리 본론으로 들어갔다.

"시노미야 씨, 왜 저를 부르셨나요?"

"아리스라고 해. 시노미야 씨라고 하면 리노아랑 똑같아서 누굴 부르는지 모르잖아?"

이 자리에 시노미야는 없으니 딱히 이대로 불러도 되지 않느냐고 말하려 했지만, 무언의 미소에 압도된 나는 말을 삼켰다.

"안노를 부른 이유는, 리노아 이야기를 듣고 싶어서야. 그 아이가 학교에서 어떤지 궁금하거든. 유키한테 억지로 연락처를 알려달라고 했지!"

"……네?"

유즈하 씨는 마음대로 무슨 짓이람. 개인 정보를 동의도 없이 타인에게 넘기지 말았으면 좋겠다.

"아니, 그렇잖아? 집을 나간 뒤로 리노아랑 대화할 기회가 도통 없단 말이지?! 그 아이는 나를 어어어엄청 원망해서 온갖 연락 수단을 다 차단했거든……."

눈물을 글썽이며 어깨를 떨군 아리스 씨. 그렇게 동생이 신경 쓰이면 직접 만나서 이야기하면 될 거라는 생각과 동시에 시노미야가 아리스 씨를 철저히 거부하는 모습에 놀라움을 금치 못했다.

"그래서 여고생이 된 리노아를 알 수단이 내게는 이제 안노한테 듣는 것밖에 없어!"

"알았어요! 알았으니까 울지 마세요! 시노미야에 대해 최대한 이야기할 테니 일단 진정하세요!"

"으으으으…… 고마워, 안노. 오늘부터 나도 탓군이라고 불러도 돼? 대답은 안 들을래."

"……마음대로 하세요."

전면 철회. 이 사람이 시노미야랑 닮은 건 분위기뿐이다. 알맹이는 540도 정도 다르다. 여기에 온 게 성급했나 싶어 약간 후회하며, 그것을 한숨과 함께 토해냈다.

"학교에서 시노미야 모습을 한마디로 표현하면…… 팬클럽이 있을 정도로 엄청난 인기인이에요."

"팬클럽?! 뭐, 내 귀여운 리노아라면 당연하지! 앗, 하지만 그러면 작업을 거는 나쁜 벌레도 많은 거 아닌가……?!"

"안심하세요. 시노미야 주위에는 추종자 후보 혹은 자칭 시노미야의 기사 같은 남자가 득실거리거든요. 그래서 나쁜 벌레는 얼씬도 못 해요."

"추종자에 기사라니……. 뭐, 초절정 귀여운 리노아라면 친위대 같은 게 생긴대도 이상하지 않지!"

아리스 씨의 날카로운 감에 나는 마음속으로 경의를 표했다.

"게다가 지금은 탓군이 있으니 훨씬 더 안심이야!"

"그렇게 말씀해 주시니 감사하네요……."

"하지만 리노아의 방에서 마주쳤을 때는 깜짝 놀랐어. 지금껏 한 번도 남자를 집에 데려온 적이 없었는데. 왜 집에 온 거야?"

당연히 그 이야기가 나오겠지. 어설프게 얼버무리는 건 악수다. 여기서는 감추지 말고 다 털어놓자.

"시노미야에게 부탁을 받았어요. 자기 사진을 찍어달라고요."

"리노아가 그런 부탁을 했어?! 사진에 흥미 없었는데, 어째서……?"

"'내가 모르는 나를 알고 싶으니까'. 시노미야는 그렇게 말했어요. 저 역시 본인조차 모르는 시노미야 리노아의 모습을 찍고 싶어서 받아들였고요."

물론 유즈하 씨에게는 비밀로 했다고 덧붙이자, 아리스

씨는 깜짝 놀라 눈이 휘둥그레졌다. 자업자득인 약점이 없었더라도 부탁하면 받아들였을 것이다.

"내가 모르는 나……. 리노아가 그런 말을 한 건 내게도 책임이 있을지도 모르겠네……."

"왜 아리스 씨의 책임인 거죠? 그보다 유즈하 씨에게 들었는데, 예전에는 시노미야랑 사이가 좋았다고요? 그런데 지금은 왜……?"

"리노아에게 원망받는다고 말했지? 그 이유는…… 내가 부모님의 기대와 속박을 참지 못하고 집에서 도망쳤기 때문이야."

눈썹을 늘어뜨리고 누구에게 짓는지 모를 미안한 표정으로 아리스 씨는 드문드문 자매 관계가 회복 불가능한 상태가 된 이유를 말해 주었다. 이야기가 끝났을 무렵에는 주문한 아이스 커피의 얼음이 완전히 녹아 있었다.

"──그래서 리노아는 도망친 나를 절대 용서하지 않을 거야. 내가 참지 못하고 그 사람들에게서 도망치는 바람에 리노아가 전부 짊어지게 되었으니까."

마지막에 그렇게 덧붙인 아리스 씨의 말에는 힘이 없었다. 사랑하는 동생이 자신 때문에 괴로울지도 모른다. 하지만 도망쳐서 자유롭게 사는 자신에게 위로할 권리는 없다고 아리스 씨는 말했다.

"이건 저만의 추측인데요……. 시노미야는 아리스 씨를

사실 싫어하지 않는 것 같아요."

"……왜 그렇게 생각하는데?"

"그야 정말로 싫어한다면 아리스 씨가 실린 잡지를 사모으지 않을 테고, 무엇보다 같은 옷을 입어 보려는 생각은 하지 않을 거예요."

세 번째 촬영회에서 왜 시노미야가 그 옷을 골랐을까? 그 진의를 알 수 있다면 예전만큼은 아니더라도 조금은 골을 메울 수 있을지도 모른다.

"그런가……? 그렇다면 좋겠다……."

흐렸던 표정이 조금 밝아졌다. 그것을 보고 나는 안도하며 내가 할 수 있는 일을 하자고 다시 결심했다.

"맡겨 달라는 무책임한 말은 할 수 없어요. 다만, 다시 한번 시노미야를 찍으려고 해요."

시노미야가 마음속에 숨기고 있는 것을 끄집어낸다. 그것은 분명 시노미야가 바라는 '내가 모르는 나'를 발견하는 일이 될 것이다.

"고마워……. 탓군에게 맡길게. 리노아를 잘 부탁해."

그리고 아리스 씨와의 밀회가 끝난 직후. 나는 시노미야에게 한 통의 메시지를 보냈다. 그 내용은 단 한마디.

『촬영회를 한 번 더 하지 않을래?』

답변은 금방 왔다.

제7화: 너의 맨얼굴을 보여줘

　시노미야에게 네 번째 촬영회를 제안한 건 좋았지만, 솔직히 승낙할지는 알 수 없었다.

　여하튼 그 일이 있었던 후로 인사는 하지만 사진 이야기는 일절 하지 않게 되었기 때문이다. 따라서 메시지를 보내도 읽지조차 않을까 봐 불안했다.

　하지만 그것은 나의 기우로 끝났다. 연락하자 시노미야에게 곧장 답장이 왔다.

　『꼭 해요. 실은 저도 부탁하려던 참이었어요.』

　설마 시노미야도 같은 생각을 했다니 깜짝 놀랐지만, 매끄럽게 촬영이 결정된 것은 행운이었다. 문제는 어디에서 하느냐인데, 시노미야에게서 경악할 만한 제안이 왔다. 그것은——.

　『촬영 장소는…… 주말에 저희 집에서 어때요?』

　지정한 곳은 촬영에 이상적인 곳인 시노미야네 집이었다. 시노미야가 제시할 줄은 전혀 예상하지 못했지만, 바꿔 말하자면 그녀도 각오했다는 뜻이겠지?

『알았어. 그러면 이번 주말에 할까?』

『네! 의상이나 촬영 이미지는 준비해 둘게요. 다 제게 맡겨 주세요.』

어떻게 할지 생각하는 것도 잠시. 나는 모두 시노미야에게 맡기기로 했다. 찍어 주길 바라는 자기 모습의 이미지가 있을 것이다. 어떤 모습을 보여줄지, 그것만이 기대되었다. 자신만만한 시노미야에게 전혀 불안을 느끼지 않았다고 한다면 거짓말이겠지만.

이런 대화를 해도 학교에서는 여전히 같이 떠드는 일은 없었지만, 기운은 회복한 모양이다. 팬클럽 회장인 아라타도 웃으며 치하해 주었다.

"잘했어, 타쿠미! 시노미야가 미소를 되찾았어! 무슨 말을 했는지는 나중에 똑똑히 들려줘."

물론 대답 대신 배에 주먹을 먹여 두었다. 시노미야네에서 촬영회를 하게 되었다고 말했다가는 무슨 일을 당할지 알 수 없다. 무엇보다 이것은 나와 시노미야 둘만의 비밀이다.

그렇게 맞이한 주말. 역까지 마중 갈까요? 라는 시노미야의 제안을 정중히 거절하고 내 페이스로 천천히 걸으며 생각을 정리했다.

오늘 촬영으로 시노미야와 아리스 씨의 관계를 회복하자는 주제넘은 생각은 하지 않는다. 나는 어디까지나 사진 촬영을 할 뿐이다.

"내가 모르는 나를 알고 싶다고……?"

어째서 이런 말을 했을까? 그 이유도 명확해질 것 같다. 그 결과, 아무에게도 말할 수 없는 비밀 관계가 끝날지도 모른다. 벌렁대는 심장을 진정시키기 위해 몇 번인가 심호흡을 한 뒤 벨을 눌렀다.

"어서 오세요. 기다리고 있었어요, 안노."

"안녕, 시노미야. 오늘은 잘 부탁해."

문이 이내 열리며 안으로 안내받았다. 거실로 들어가 시노미야가 내어 온 차를 마시며 한숨 돌렸다.

"오늘은 좀 늦었네요. 혹시 길을 헤맸나요?"

큭큭 웃으며 놀리듯 말했다. 학교에서 한동안 이야기를 나누지 않았더니 이렇게 시답지 않은 대화도 그립게 느껴졌다.

"미안해. 길을 헤맨 건 아닌데, 아침부터 생각할 게 많아서 집에서 나오는 게 좀 늦어졌어."

"그렇군요……. 그럼 안노는 아침에 일어난 뒤 저희 집에 오기까지 대체 누굴 생각한 건가요? 혹시 유즈하 씨?"

그렇게 말하며 스마트폰 화면을 내게 보여주는 시노미야.

그곳에는 지난번에 우에즈 사장님의 스튜디오에서 촬영한 유즈하 씨의 코스프레 사진이 있었다.

"이설 촬영하고 편집한 건 안노 맞죠? 유즈하 씨의 교복 차림은 정말 귀엽네요. 야한 느낌도 굉장하고요."

얼굴은 웃고 있지만 눈은 웃지 않았다. 게다가 등 뒤로 역린을 건드려 격노한 용이 보이는 것은 기분 탓일까? 아니, 기분 탓이 아니다.

"제게 촬영하자고 제안했으면서 당일에 다른 여성을 생각하다니…… 안노도 상당히 지독한 사람이네요. 저, 상처 받았어요."

나는 아무 말도 하지 않았다. 그보다 내 주위에는 자기 세계에 빠져 비아냥거리는 사람밖에 없는 건가? 뭐, 시노미야와 유즈하 씨밖에 없지만.

"미안함과 한심함에 자기혐오가 느껴져서 두 번 다시 안노에게 사진을 부탁할 수 없을 것 같아 매일 밤 베개를 적셨는데……."

"저기…… 시노미야?"

분노에서 돌변한 시노미야의 모습이 이상해졌다.

"하지만 이대로는 안 될 것 같아서 각오하고 연락하려 했더니 안노가 먼저 연락해 줘서 정말 기뻤어요. 그래서 오늘까지 많은 생각을 했는데…… 안노의 머릿속에는 제가 없었군요."

농담치고는 도가 지나쳤다. 그리고 그렇게까지 말한다면 온화함이 사람으로 태어난 나라도 뚜껑이 열린다.

"저는 슬퍼요…… 훌쩍훌쩍."

"나는 시노미야를 생각하지 않았다고 한 적 없어."

"……네?"

설마 내가 반론할 줄은 몰랐는지 시노미야가 어안이 벙벙한 목소리를 냈다. 당하면 되갚는다. 놀려도 되는 건 놀림 받을 각오가 된 사람뿐이라는 걸 몸소 가르쳐주마.

"나도 오늘까지 시노미야를 생각했어. 그 촬영이 끝나고 시노미야가 기운 없다는 걸 알고 있는데 아무것도 할 수 없는 내가 싫어지기도 했지. 그래서 내 나름대로 이래저래 필사적으로 생각해서……."

"저, 저기…… 안노?"

"유즈하 씨와 촬영은 시노미야 촬영보다 전에 정해진 일정인데…… 그런 식으로 말하면 난, 충격이야."

"노, 농담이에요, 안노! 평소처럼 놀린 것뿐이잖아요! 오히려 그렇게까지 저를 생각해 줘서 감사한데……."

보란 듯이 어깨를 움츠리자 아무리 시노미야라도 당황했는지 손을 파닥파닥 흔들며 필사적으로 변명했다. 처음 보는 패닉 상태의 시노미야가 너무나도 귀여워서 참지 못하고 웃음이 새어 나왔다.

"……안노, 일부러 그런 거죠?"

"아하하하! 미안, 미안! 장난이 너무 심했나? 하지만 먼저 시작한 건 시노미야야. 농담이라도 해도 될 말과 안 될 말이 있어."

"으으…… 안노는 바보예요! 소녀의 순정을 농락하다니 악마예요!"

어깨를 퍽퍽 때리는 시노미야. 아프니까 그만해 주라.

"시노미야 생각을 한 건 사실이야. 소녀의 순정을 농락할 생각은 전혀 없어."

놀림을 받았기에 되갚아 줬을 뿐 거짓말은 하지 않았다. 시노미야를 쑥스럽게 만들기 위해 그런 부끄러운 말——고백 같은 말——은 할 수 없다.

"아, 알았어요! 안노의 마음은 충분히 알았다고요! 감사합니다! 제가 졌어요!"

시노미야는 얼굴을 새빨갛게 물들이고 소리치며 내게서 거리를 두었다. 이제부터 촬영할 건데 괜찮을까?

"하아, 설마 안노에게 굴욕을 당할 날이 올 줄이야……. 당연히 이 책임은 질 거지요?"

"내가 할 수 있는 일은 사진을 찍는 것뿐이지만 그거라도 괜찮다면 얼마든지."

"후훗. 그럼 바로 찍도록 할까요? 뭐, 그러려고 불렀지만요."

그렇게 말하며 시노미야는 내 어깨를 툭 두드리곤 일어

섰다. 어디로 가느냐고 묻자 빙긋 웃었다.

"촬영을 위해 옷을 갈아입고 올게요. 안노도 카메라를 준비해 두세요."

"그건 상관없지만, 장소는 어딘데?"

잡담에 꽃을 피우는 바람에 가장 중요한 촬영에 대해 아무것도 이야기하지 않았다. 시노미야의 머릿속에 있는 이미지를 들어야 했다.

"오늘 촬영 장소는…… 이 집이에요."

"……응?"

"이 집의 다양한 곳에서 찍었으면 해요. 이유는 찍으면서 설명할게요."

지금은 거기까지요, 라는 말만 남기고 시노미야는 거실을 뒤로했다. 옷을 갈아입겠다고 했으니 아마 제 방으로 갔을 것이다. 어떤 옷을 입고 올지 기대와 불안을 품으며 나는 카메라를 준비했다.

그리고 긴장하며 기다리길 십수 분. 달칵 문이 열리며 거실로 돌아온 시노미야의 모습을 보고 나는 말을 잃었다.

"오늘을 위해 우에즈 씨 가게에서 준비했어요."

부끄러워하며 시노미야가 무슨 말을 했지만, 말이 전혀 머리에 들어오지 않았다. 그것은 그녀가 갈아입고 온 옷에 이유가 있었다. 아니, 애초에 옷이라고 말할 수 있을지조차 애매했다.

"우에즈 씨가 추천해 주셨는데 어떤가요? 귀엽지 않나요?"

빙글 돌며 어필하는 시노미야. 귀엽냐고 묻는다면 당연히 예스. 다만, 지금까지의 의상 중에서 가장 과격했다. 여하튼 강한 시스루였고, 보아하니 브라도 팬티도 입지 않았다. 이것에 비하면 경영 수영복은 살갗 노출이 적고 건전했다. 우에즈 사장님은 대체 뭘 추천한 거냐.

시노미야가 입고 있는 것은 소위 베이비돌이라는 것. 광택 있는 분홍색의 촉감 좋은 새틴 원단.

그 가슴에는 잘게 주름이 잡혀 있고, 가장자리는 아이리시 레이스로 되어 있어 맨살이 보였다. 대담하게 개방된 데콜테 라인과 빨려들 것만 같은 골짜기, 그것을 형성하는 풍만한 과실도 어우러져 다만 압권이었다.

더구나 빙글 회전한 순간에 보인 등도 거의 노출된 상태고 리본 하나로 묶여 있었다.

"처음 입는데 다리가 휑하네요."

그렇게 말하며 시노미야는 웃었지만, 나로서는 그럴 때가 아니었다.

길이가 짧은 데다 팬티도 입지 않았으니 그렇게 느끼는 것도 무리는 아니었다. 더구나 브라도 착용하지 않았으니 위도 아래도 어디에 시선을 둘지 몰랐다.

이것만으로도 충분히 파괴력이 큰 의상인데, 시노미야가 손에 들고 있는 것을 슥 내밀었기에 내 이성은 더욱 사라져갔다.

"안노. 제 이걸…… 채워 줄래요?"

내가 받은 것은 목줄. 그곳에 자그락거리는 금속 사슬이 이어져 있었다. 베이비돌만으로도 감당하기 벅찬데 무슨 생각을 하는 것인지 전혀 알 수 없었다. 다만 곤혹스러웠다.

"그리고 이번에는 도촬이 아니라 안노가 직접 봤으면 해요. 저의, 모든 것을……."

촉촉한 눈동자로 절실하게. 애원하듯. 기도하듯 시노미야가 조르면 거절할 재간이 없다. 나는 고개를 끄덕일 수밖에 없었다.

"……혹시 이것도 우에즈 사장님 가게에서 샀어?"

"네. 상담했더니 이걸 하고 찍으면 더 좋아질 거라고 하셨어요."

엉뚱한 외형과 언동의 우에즈 사장님이지만 촬영용 의상 선택은 빗나간 적이 지금껏 한 번도 없었다. 얽히면 성가신 사람이지만, 이 점만은 나도 절대적으로 신뢰한다.

그런 사람이 베이비돌에 목줄과 사슬 조합을 시노미야에게 제안했다면 거기에 뭔가 의미가 있는 것이 틀림없었다.

"알았어. 오늘 촬영 계획은 다 시노미야에게 맡기기로 했으니까. 원하는 대로 해 줄게."

"감사합니다."

어딘가 기뻐 보이는 미소를 지으며 시노미야는 살며시

눈을 감았다. 그 얼굴은 흡사 왕자님의 입맞춤을 기다리는 공주님 같았다.

어렸을 때, 젊은 시절에 아빠가 찍은 엄마 사진 중에 비슷한 그림이 있었다. 내가 사진을 찍고 싶다고 생각한 계기가 된 한 장.

"······예쁘다."

하지만 지금의 시노미야는 그때 봤던 엄마의 사진보다 훨씬 아름다웠고, 자연스레 칭찬의 말이 입에서 새어 나왔다. 그리고 나는 유령처럼 한 걸음 다가가 학처럼 가늘고 고운 목에는 어울리지 않는 목줄을 살며시 채웠다.

"그리고 이 사슬은 누가······."

"당연히 안노죠. 어서요."

그렇게 말하며 사슬을 내 가슴에 불쑥 떠미는 시노미야. 알고는 있어도 받아들이는 데 시간이 걸리는 일이 있다. 뭘 하면 옆자리 여자에게 목줄을 채워 주는 일이 일어날까? 이 모습을 기록으로 남긴다면 내 인생은 그야말로 파멸이다.

"어쩐지 제가 안노의 펫이 된 것 같네요! 여기에 동물 귀를 달면 그럴듯해 보일까요?"

"그야 그럴듯해 보일 테고 SNS에 올리면 좋아요 만 개는 확실할 거야. 찍고 싶냐고 묻는다면 노코멘트지만."

"그건 왜죠?"

시노미야가 어리둥절하게 고개를 갸웃거렸다. 설마 귀여움을 넘어 18금이 될지도 모른다거나, 그런 시노미야의 모습을 불특정 다수와 공유하고 싶지 않다고는 입이 찢어져도 말할 수 없다.

"그, 그보다! 얼른 촬영을 시작하자! 시간은 한정적이니까!"

"안심하세요. 오늘도 내일도 집에는 아무도 안 와요. 그러니까 시간은 많아요."

"……그래?"

"네. 그러니까 안심하세요. 저랑 못된 짓을 잔뜩 해요."

말이 이상하잖아, 라고 딴죽을 걸려던 것조차 아련해져서 대신에 나는 깊은 한숨을 쉬었다.

"후훗. 안노도 실컷 놀렸으니 시작해 볼까요? 안노, 사슬은 절대로 놓지 말아요."

"절대로 본의는 아니지만…… 알았어."

하고 싶은 말은 모두 삼키고 나와 시노미야의 네 번째 촬영회를 시작했다.

*****

시노미야가 말했듯 촬영은 거실을 시작으로 소파와 주방, 탈의실과 욕실 등 집안 곳곳에서 이루어졌다. 찍고 싶은 곳으로 이동할 때 앞서 걷는 시노미야와 내 사이에 사슬이 있어 마치 악덕 귀족이 재미 삼아 고용한 메이드를 망측한 모습으로 집안에서 산책시키는 듯한 그림이 되었다.

"버릇없지만 다음은 테이블 위에서 찍을까요?"

욕실에서 촬영을 마치고 다시 거실로 돌아오자 시노미야는 "영차" 하고 의자에 발을 얹더니 평소 식사하는 식탁 위에 앉으려 했다. 조금은 주저하는 게 어떻겠냐는 생각도 들었지만, 나는 "스톱" 하고 말했다.

"테이블에 올라가려는 모습을 찍고 싶어. 등을 이쪽으로 향하고 테이블에 손을 짚은 뒤에 돌아볼래?"

"알겠어요. 안노, 다음부터 제지할 때는 목소리가 아니라 사슬을 꽉 당겨 주세요."

요염한 미소를 입가에 띤 시노미야에게 그런 짓을 할 수 있을 리가 있겠냐고 마음속으로 딴죽을 걸며 나는 카메라를 잡았다.

경영 수영복 때는 정면 그림이 많았기에 의식한 적은 없었지만, 시노미야의 등에서 엉덩이에 걸친 곡선은 우아하고 매우 아름답다. 그리고 거기에 뻗은 다리를 포함해 일종의 예술품이다. 어깨가 휑하니 드러난 디자인도 어우러져 단순히 아름답기만 하지는 않았다.

찰칵, 찰칵, 하고 셔터를 누를 때마다 시노미야는 미묘하게 포즈와 표정, 시선 방향을 바꾸었다. 때로는 자연스

러운 반응을 원해서 시노미야가 말한 대로 갑자기 사슬을
가볍게 당겼다.

"……아."

요염하게 놀라며 황홀함을 머금은 표정을 짓는 시노미
야. 자세도 무너져 풍만한 두 언덕을 출렁이며 등이 활처
럼 휘었다. 그 모습은 마치 가볍게 절정에 다다른 듯했다.
나는 다만 무심히 셔터를 눌렀다.

"……자유로워지고 싶어요."

내가 카메라를 내린 타이밍에 시노미야가 중얼거렸다.
그리고 테이블에 앉지 않고 의자에서 내려와 계단 쪽으로
걸어갔다.

"뭐에서 자유로워지고 싶은데?"

계단을 오르는 뒷모습에 카메라를 향하며 내가 묻자. 벽
에 기대는 시노미야. 어떤 표정을 짓는지 궁금해서 슥 추
월해 앞질렀다.

"이 집에서…… 자유로워지고 싶어요."

시노미야는 당장이라도 울 것 같은 얼굴이었다. 그것마
저도 숨을 삼킬 정도로 그림이라 무의식중에 촬영했다. 시
노미야는 개의치 않고 천천히 계단을 올라 호소하듯 말을
이었다.

"지금까지 저는 부모님 말씀에 따라 부모님이 원하시는
대로 살았어요. 하지만 조금…… 아주 조금이라도 좋으니

자유롭게 살아보고 싶어요."

나는 즉시 카메라를 동영상으로 전환해 인터뷰 형식으로 옮겨갔다.

"그렇게 생각하게 된 계기가 있을까?"

"안노도 알다시피 제게는 나이 차이가 나는 언니가 있어요. 언니는…… 아리스 언니는 저와 달리 자신이 하고 싶은 것을 관철하는 강한 의지를 가졌어요."

누가 뭐라고 하든, 이라며 분한 듯 말하는 시노미야.

"아리스 언니는 제게 동경의 대상이자, 동시에 미운 사람이에요."

"미운 사람?"

동경하는데 밉다는 게 무슨 뜻이지? 그것을 묻자, 시노미야는 입술을 깨물었다.

시노미야의 부모님은 아버지가 기업의고 어머니는 의류 회사를 세워 인기 브랜드로까지 성장시킨 능력 있는 경영자. 그런 두 사람이 거는 기대가 어느 정도일지 생각만으로도 오싹해졌다.

"언니는 그 압박을 견디지 못했을까요, 아니면 지긋지긋했을까요? 진의는 알 수 없지만 대학 입학과 동시에 집을 나갔어요."

"그렇구나……."

"아무런 연락도 없이 자유분방하게 사는 언니 때문에 걱정인 부모님은 모든 이상을 차녀인 제게 쏟아냈죠. 그 결과 완성된 것이 이 시노미야 리노아예요."

눈썹을 내리고 말하는 시노미야. 그 슬픈 얼굴은 마치 자신이 인간이 아니라 부모님이 만든 안드로이드라는 것을 깨달은 듯했다.

"어느 날, 언니가 잡지에 실린 걸 봤어요. 모델을 시작했다는 연락은 받아서 알고 있었지만, 보는 건 그때가 처음이었어요."

참고로 시노미야에게는 정기적으로 연락이 왔지만, 답은 전혀 하지 않았다고 한다. 그런데도 이따금 본 잡지에서 나왔다는 건 그만큼 아리스 씨가 활약한다는 증거였다.

"그곳에 있던 언니는 이 집에서는 본 적 없는 미소로…… 눈부시게 빛났어요."

답답한 곳에서 해방되어 자기 본래 모습으로 살 수 있는 기쁨이 온몸에서 흘러나오는 것만 같았다고 시노미야는 말했다.

"그런 언니의 모습을 보고 생각했어요. 언니처럼 저도, 최소한 사진 속에서만큼은 자유로운 내가 되고 싶다고."

"……다행이야. 생각대로 둘은 서로를 소중하게 생각하는 사이좋은 자매네."

시노미야의 독백을 듣고 나는 안도의 한숨을 쉬었다.

"그게 무슨 뜻이죠?"

"아리스 씨도 같은 마음이지 않을까 해. 동생을 사랑하는데 어쩌면 자신 때문에 괴로울지도 모른다고 생각하는 게 아닐까?"

시노미야와 아리스 씨의 이야기에 놀랄 만한 차이는 없었다. 아리스 씨는 속죄를. 시노미야는 동경을. 각자 가슴에 품었지만, 그것을 솔직하게 말하지 못하는 바람에 골이 깊어졌다. 그저 그뿐인 이야기였다.

"……언니는 용서해 줄까요? 무시하고 심한 말을 잔뜩 한 저를……."

"분명 용서해 줄 거야. 아리스 씨만큼 동생을 사랑하는 언니는 흔치 않거든."

여하튼 동생의 고교 생활을 알고 싶어서 일부러 내게 물었을 정도다. 그런 사람에게 절연 상태인 동생에게 연락이 온다면 감동해서 울음을 터뜨릴지도 모른다.

"그리고 드디어 시노미야가 말하는 '내가 모르는 나'가 무엇인지 알았어. 자유롭게, 있는 그대로의 나. 그걸 시노미야는 보고 싶었던 거야."

"네……. 저도 알았어요. 분명 그런 거였다고 생각해요."

"셀카를 선택한 건 좋았지만, 아무래도 노출이 좀 아니었을까?"

"그, 그건 마침 안노가 지나간 게 잘못이에요! 심지어 도촬할 줄 누가 알았겠어요!"

"도촬한 건 반성하고 있어. 하지만 앞으로는 빈 교실이라도 학교에서 그런 짓을 하면 안 돼."

"안 해요. 제게는 이제 안노가 있으니까요."

사슬을 잡고 짤그락 소리를 내며 미소 짓는 시노미야. 그 도착적인 미소에 눈을 뗄 수 없어서 나도 모르게 동영상에서 사진으로 전환해 셔터를 눌렀다.

"그럼 앞으로는 이렇게 내가 사진을 찍을 때만큼은 자유로워져도 되지 않을까? 오히려 자유롭게…… 있는 그대로의 시노미야 리노아를 찍고 싶어. 그러니까——."

너는 이제 자유라고 마음속으로 중얼거리며 시노미야의 목줄을 풀었다. 그리고 사슬을 놓고 그녀를 해방해 주었다.

"고마워요, 안노."

그렇게 말한 시노미야는 눈물을 참으며 미소 지었다. 그 얼굴은 지금까지 봤던 그녀의 미소 중에서 가장 귀여웠다.

"마지막엔 제 방에서 찍어 줄래요? 이 집에서 유일하게 제가 자유로울 수 있는 곳에서 찍어 주세요."

그녀의 손에 끌려 방에 들어갔다. 지난번에 들어왔으니 두 번째인데 그때보다 더 긴장되어 목이 바싹 말랐다.

망측한 사진도 여러 번 찍었는데 이제 와 두근거릴 게 뭐 있냐고 되뇌며 흥분한 심장을 진정시켰다. 하지만 얇은 베이비돌 차림의 시노미야가 침대에 누워 마치 유혹하듯 양팔을 벌리는 바람에 이성이 전에 없이 거세게 삭제되어

갔다.

"자, 마지막 촬영을 계속할까요?"

"……살살 부탁드립니다."

렌즈 너머로 목줄에서 해방된 시노미야가 비쳤다. 그 표정은 구름이 걷혀 맑고 푸른 하늘처럼 밝았다. 억압에서 벗어나, 지금껏 숨겨 왔던 있는 그대로의 자신을 아낌없이 드러내는 듯했다.

"……아아, 그런 거였구나."

순간의 아름다움을 영원히 기록한다. 그 의미를 물었을 때의 말.

――타쿠미도 크면 알 거야. 그러려면 너도 발견해야 하겠지만.――

――발견하다니…… 뭘?――

――그야 뻔하지. 그건 바로, 네가 정말로 기록을 남기고 싶은 상대야.――

"발견했어, 아빠."

"? 뭘 발견했나요, 안노?"

"……비밀이야."

나는 대답 대신 셔터를 계속 눌렀다. 입이 찢어져도 말못 한다. 내가 진심으로 기록을 남기고 싶은 사람을 만났다고는.

"뭔데요?! 궁금해요! 알려주세요, 안노!"

"싫거든요! 절대로 안 알려줄 거야. 아직 사진 촬영이 안 끝났으니 얌전히 계시죠──!"

순식간에 긴장감은 흩어지고 시끌벅적 즐거운 촬영회로 변모했다.

그래서 시간 가는 것도 잊고 즐기는 바람에 정신을 차리고 보니 진작 해가 저물어 밤이 되어 있었다.

"안노. 시간도 늦었으니 저녁 먹고 자고 갈래요?"

촬영을 마치고 정리도 끝낸 뒤 거실에서 시노미야가 옷 갈아입기를 기다리는데, 돌아오자마자 얼토당토않은 제안을 했다.

"아니야! 아무리 아무도 없다지만, 그건 곤란하지?!"

"오늘은…… 오늘 밤엔 혼자 있기 싫어요……. 부탁이에요……."

아무리 그래도 그건 아니라며 거절하려 했지만, 시노미야는 놓치지 않겠다는 듯 옷소매를 잡았다. 게다가 당장이라도 쏟아질 것처럼 글썽이는 물방울 보석이 눈동자에 떠올랐다. 이러면 거절할 수 있는 남자가 있겠냐고. 아니, 없다.

"……알았어. 알았다고! 그럼 오늘 밤엔 그렇게 할게!"

"고마워요, 안노! 그럼 저녁은 제가 실력을 발휘해서 만들 테니 기다려요!"

기쁜 듯 말한 시노미야는 콧노래를 부르며 주방으로 갔다.

그러니까 직접 요리를 해 주겠다는 거지? 식재료는 미리 준비했다는 건가? 혹시 당한 거야, 나?

"아, 그리고 한 가지 궁금한 게 있는데…… 왜 언니를 '아리스 씨'라고 부르나요?"

"…………."

아뿔싸. 아리스라고 불러도 된다기에 무의식중에 입 밖에 내고 말았다.

"그 얘기도 밥 먹으면서 천천히 들을 테니 그렇게 알고 있어요. 알겠죠?"

"……네."

단언한다. 미래에 시노미야와 결혼할 사람은 틀림없이 서열이 아래일 거라고. 나는 깊은 한숨을 쉬며 미래의 남편에게 응원을 보냈다.

*****

왜 이렇게 된 거지? 이불 속에 들어온 나는 머리를 감쌌다.

"이렇게 누군가와 한 이불을 덮고 자는 것도 오랜만이라 기쁘네요."

말끝에 '♪'가 붙은 것처럼 신이 난 시노미야가 불을 끄며 자못 당연한 듯 나와 같은 이불 속으로 들어왔다. 참고로 그녀의 잠옷은 남자인 나도 들어본 적이 있는 브랜드였다. 디자인은 흰색과 핑크색의 줄무늬. 보들보들 폭신폭신한 것이 대단히 귀엽다. 하지만 지퍼를 적당히 열어 가슴을 힐끔 보이며, 아래는 쇼트 팬츠로 선정적이었다. 여자에게 인기가 있는 것도 이해되었다.

씻고 나와 꽃향기를 내뿜었고, 그 감미로움에 뇌가 마구 흔들렸다. 방금 씻어 달아오른 모습을 찍고 싶은 충동을 참고 있는데.

"수학여행 같아서 재미있네요, 안노."

그렇게 말했기에 상대가 동성이었다면 나도 동의했을 거라고 마음속으로 성대하게 딴죽을 걸었다. 왜 입 밖에 내지 못하는가. 그것은 등을 돌린 틈에 시노미야가 끌어안기 일보 직전까지 다가와 등에 다양한 것을 느꼈기 때문이다.

"있잖아요, 안노. 물어봐도 될까요?"

"……뭘?"

"왜 안노는 사진을 찍게 됐어요?"

무슨 질문을 할까 싶어 경계했던 만큼 이 질문에는 솔직히 맥이 빠졌다. 나는 후훗 웃은 뒤 대답했다.

"굳이 말하자면…… 아빠의 영향이려나?"

"아버지요?"

아빠의 "그 사람이 가장 빛나는 순간을 렌즈에 담는 것이 최고의 쾌감이야"라는 말을 어렸을 때부터 들었던 나는 아빠가 찍은 젊은 시절의 엄마 사진이 너무나도 멋졌기에 카메라에 관심을 가졌다.

그리고 별생각 없이 엄마를 찍으려 했을 때, 렌즈 너머로 눈이 마주치자 미소 지어 준 순간, 번개를 맞은 듯한 충격을 받았다. 그 감동을 기록으로 남기고 싶다. 그것이 내가 카메라를 잡는 가장 큰 이유다.

"그리고…… 사진을 찍으면 다양한 감정이 희석되거든."

내가 고등학교에 입학한 뒤 부모님은 거점을 해외로 옮겨 본격적으로 거기서 일을 하고 있다.

"예전부터 가족이 모이는 시간은 적었지만, 그게 지금은 거의 없어. 부모님이 집에 돌아오는 일은 거의 없지. 혼자 있는 시간이 더 길어. 그래서——."

내가 잘라 말하기 전에 시노미야가 감싸듯 꽉 안아 주었다.

"——그렇다면 우리는 비슷한 처지인지도 모르겠네요."

"……시노미야?"

"자유가 없는 집에서 고립된 저와 집에서는 외톨이인 안노. 이건 비슷한 처지가 아닌가요?"

"하하하. 듣고 보니 그럴지도 모르겠네."

"안노, 저를 봐요."

왜 그러냐며 경계심 없이 돌아보자, 시노미야의 손이 뺨으로 슥 뻗어 왔다. 그대로 억지로 몸이 빙글 돌려져 마주 보게 되었다. 창문에서 달빛이 쏟아져 시노미야의 얼굴이 또렷이 보였다.

"늘 혼자서 참 잘했어요. 가끔은 어리광 부릴 시간이 있어도 돼요."

달콤한 미소를 입가에 띠우며 자애 넘치는 성녀 같은 목소리로 시노미야는 내 머리를 가슴으로 이끌었다.

부드럽고 편안한 감촉과 은은하고 달콤한 향기. 태초의 바다로 돌아온 듯한 감각. 나는 이것을 원했던 걸까? 떨어지고 싶지 않다. 떼어놓지 않았으면 좋겠다. 나는 시노미야의 몸에 팔을 감았다.

"실컷 어리광을 부려요, 안노."

"……고마워."

지금까지 느껴본 적 없는 편안함에 몸을 감싸인 채 내 의식은 깊은 바닷속으로 침잠했다.

에필로그

다음 날 아침. 잘 때는 분명 옆에 있었던 온기가 사라진 것을 깨닫고 눈을 떴다.

설마 모두 꿈이었나 싶었지만 낯선 천장에 평소보다 폭신한 이불. 그리고 무엇보다 이 방에 충만한 은은한 향기가 그게 꿈이 아니었다고 말해 주고 있었다.

"시노미야……?"

일어나 졸린 눈을 비비며 방을 나서 그녀의 모습을 찾았다. 그러자 계단 밑에서 희미하게 탁탁 경쾌한 소리가 들렸다.

넘어져서 떨어지지 않도록 난간을 잡고 계단을 내려가 주방으로 가자 그곳에는 앞치마를 두른 여성이 콧노래를 부르며 요리를 하고 있었다.

그것은 어린 시절 보았던 엄마의 모습과 닮아서 나도 모르게 뒤에서 살며시 끌어안고 말았다.

"어머, 뭐 하세요?"

그 목소리도 전에 자주 들었던 엄마의 곤란한 목소리였다.

"……엄마, 뭐 만들어?"

"──후훗. 혼자 노력하니 상으로 좋아하는 걸 만들었어요. 마음껏 골라 봐요."

"으음…… 고마워, 엄마. 사랑해."

"어머, 고마워요. 하지만 저는 안노의 어머니가 아니랍니다."

안은 손길을 거부하지도 않고 부드러운 목소리와 함께 머리를 쓰다듬으며 말하자 내 머리는 단숨에 각성했다. 동시에 자신이 저지른 짓을 깨달았다.

"헉?! 미안해, 시노미야! 잠이 덜 깨서 그만……!"

"후훗. 안노는 의외로 어리광쟁이인 모양이네요. 어제도 말했지만, 저라도 괜찮다면 실컷 어리광을 부려도 돼요."

황급히 떨어지며 나는 지면에 닿을 정도로 깊게 머리를 숙여 사죄했다. 하지만 시노미야는 화를 내기는커녕 내가 그만 안는 것이 어딘가 아쉬워 보였다.

"그건 그렇고 좋은 아침이에요, 안노. 푹 잔 모양이라 다행이네요."

"그냥 넘어가는 것도 곤란하지만…… 좋은 아침이야, 시노미야. 오랜만에 숙면한 것 같아."

"정말 다행이네요. 저로서도 안노의 아이 같은 일면을 엿볼 수 있어서 기뻤으니 다 잘됐네요. 그보다 세수하고 와요. 아침 준비는 금방 끝나거든요."

테이블 위를 보니 그곳에는 호텔 뷔페와 헷갈릴 정도로 대량의 요리가 가득 담겨 있었다.

"혹시 이게 다 시노미야가 직접 만든 거야? 아니지?"

273

"혹시가 아니라 제가 다 만들었어요!"

에헴 하고 가슴을 편 채 의기양양한 시노미야. 제가 생산자입니다, 라는 코멘트를 달아 사진을 장식하고 싶어졌다.

"아침부터 이렇게 만드느라 힘들었겠다……. 깨웠으면 거들었을 텐데."

"신경 쓰지 마세요. 제가 만들고 싶어서 만든 거니까요. 게다가 달게 잠든 안노를 깨울 수가 없었거든요."

대체 내가 어떤 얼굴이었을지 신경 쓰이고, 스마트폰을 든 채 히죽거리는 시노미야에게 불길한 예감이 들었다. 설마 카메라로 찍지는 않았겠지. 시노미야에게 의혹의 눈길을 보냈다.

"그렇게 빤히 봐도 아무것도 안 나와요."

"…………이상한 짓을, 한 건 아니겠지?"

"후훗. 그건 상상에 맡길게요. 자, 얼른 세수하고 와요. 식기 전에 먹어야죠."

교묘하게 넘어간 느낌은 들지만, 그 이상으로 내 마음에서 이 대화 자체가 꿈은 아닐까 하는 생각마저 들었다.

"……알았어. 자세한 얘기는 먹으면서 하자."

떨떠름하게 세수하러 갔다가 돌아가기 전에 일단 시노미야 방에 들러 카메라를 회수해야겠다. 당하고만 있을 수는 없다.

"왔어요? 많이 있으니까 좋아하는 걸 골라 보세요."

집에서, 게다가 아침부터 좋아하는 요리를 고를 수 있을 정도로 종류가 많다는 데 다시 한번 경악하며 접시에 요리를 담았다. 그게 끝나자 시노미야와 마주 앉아 식사를 시작했다.

""잘 먹겠습니다.""

맛은 흠잡을 데 없었다. 지금까지 먹어 본 음식 중에서 1, 2위를 다툴 정도로 맛있었다. 어제 먹었던 저녁, 아니, 도시락도 포함해서 시노미야는 정말로 요리를 잘한다.

하지만 이렇게 맛있는 것은 기량만이 이유는 아니다. 분명 누군가와 ──시노미야와 함께── 먹기 때문일 것이다. 솟구치는 행복에 자연히 입가가 느슨해지자 스마트폰에서 찰칵, 하는 소리가 들렸다.

"······나를 찍어 봤자 재미없을 텐데?"

"아니에요. 방금 안노 표정이 아주 좋았거든요."

그렇게 말하며 미소 짓는 시노미야. 부끄러워서 똑바로 바라보지 못하고 나는 얼버무리듯 식사를 이어갔다. 그 모습을 시노미야는 키득키득 웃으며 즐거운 듯 바라보았다.

"안노, 앞으로도 다양한 저를── '시노미야 리노아'를 찍어 줄래요?"

"······내가 할 수 있는 범위 내에서라면 기꺼이."

"그럼. 앞으로 오랫동안 잘 부탁할게요, 안노."

그렇게 말하며 미소 짓는 시노미야는 지금까지 보았던

그 어떤 사람의 미소보다 아름다워서. 나는 식사하던 손을
멈추고 셔터를 눌렀다.

작가 후기

처음 뵙겠습니다, 혹은 오랜만에 뵙습니다, 아마네 메구미입니다.

『살짝 부끄러워하는 모습을 내게만 보여주는 학원의 공주님』을 구매해 주셔서 감사합니다.

본 작품은 같은 반 공주님인 히로인의 비밀을 우연히 알게 되면서 시작되는 러브 코미디입니다. 항상 교실에서 보는 소녀를 카메라 렌즈를 통해 보니 다른 사람이 되는, 그 간극을 즐겨 주시기 바랍니다.

실은 집필을 앞두고 스마트폰을 들고서 최애 코스플레이어님의 촬영회에 참가했습니다. 어디까지나 취재의 목적이며 그 이상의 의미는 없었답니다. 정말이에요. 믿어 주세요.

그건 그렇고. 실제로 촬영을 해 보고 많은 카메라맨이 있는 곳에서 렌즈 너머로 눈이 마주치자 미소 지어 줬을 때 소름이 돋았습니다. 그런 감각은 난생처음이라고 해도 과언이 아닙니다. 역시 모든 일은 체험해 보는 게 중요하네요.

그리고 이건 성대한 스포일러인데요, 본작에는 목욕탕 장면이 없습니다. 엄밀히는 경영 수영복을 입고 샤워하는 장면이 있는데, 그건 그것대로 배덕감이 느껴져 마음에 듭니다(웃음).

여기서부터는 감사 인사입니다.

담당자 S씨. 간행까지 끈기 있게 함께해주셔서 감사합니다.

"너무 야한 건 좀……(쓴웃음)"이라는 말씀을 들었을 때는 어떻게 될까 싶었는데, 경영 수영복을 입고 샤워하는 시추에이션을 이해해 주셔서 다행입니다.

일러스트레이터 유키미야 유게 선생님. 바쁘신 와중에도 수락해 주셔서 감사합니다! 표지 일러스트 후보를 받았을 때는 담당자님과 크게 흥분하며 뭐가 좋을지 매우 고민했습니다. 리노아뿐만 아니라 유즈하나 아리스도 권두화, 삽화로 귀엽게 그려 주셔서 감사드릴 따름입니다.

그리고 독자 여러분. 이번 작품이 첫 아마네의 책인 분, 또는 과거 작품부터 계속해서 구매해 주신 분, 모두에게 똑같이 깊은 감사를 드립니다. 여러분 덕택에 책을 쓸 수 있습니다.

그리고 본서의 출판에 관련된 여러분. 그리고 다시 한번 이 책을 구매해 주신 독자 여러분, 정말 감사합니다!

마지막으로 늘 드리는 부탁이 있습니다.

구매 인증, 본편을 읽고 난 감상을 SNS에 올리거나 리뷰를 작성하거나, 출판사로 편지를 보내는 등 응원해 주세요,

그러면 어떻게 되느냐? 주로 작품과 작가의 힘이 되고 2권을 전해드릴 수 있게 될 겁니다.

히로인(들)에게는 다양한 코스프레를 시키고 싶고, 유키미야 선생님의 일러스트로 그걸 보고 싶지 않으신가요? 보고 싶으시죠(압박)? 그러니 모쪼록 힘을 보태 주시면 감사하겠습니다(넙죽)!

그럼 2권에서 여러분과 또 만나 뵙기를 바라겠습니다.

아마네 메구미

KOSOTTO HAJIRAU SUGATA O
ORE DAKE NI MISETE KURU GAKUEN NO OHIMESAMA Vol.1
©Megumi Amane 2025
First published in Japan in 2025 by KADOKAWA CORPORATION, Tokyo.
Korean translation rights arranged with KADOKAWA CORPORATION, Tokyo.

살짝 부끄러워하는 모습을 내게만 보여주는 학원의 공주님 1

2025년 11월 15일 1판 1쇄 발행

저   자 아마네 메구미
일 러 스 트 유키미야 유게
옮 긴 이 조민경
발 행 인 유재옥
이   사 조병권
편 집 부 정영길 박치우 조찬희 이소의 정지원 최유정 김혜주
디자인랩팀 김보라 전세연
디지털사업팀 김지연 윤희진 장혜원
라이츠사업팀 김정미 유아현 이지현
영업마케팅팀 최원석 윤아림
물 류 팀 백철기
경영지원팀 최정연
인쇄제작처 ㈜코리아피엔피
발 행 처 ㈜소미미디어
등   록 제2015-000008호
주   소 서울시 마포구 토정로222, 502호 (신수동, 한국출판콘텐츠센터)
판매 및 마케팅 (070) 8822-2301

ISBN 979-11-384-8841-9
ISBN 979-11-384-8840-2 (세트)